FEUERSTURM

SURRENDER

MEGAN
CARPENTER

Megan Carpenter
Feuersturm: Surrender

Herzogweg 21
31275 Lehrte
kontakt@writtendreams-verlag.de

ISBN ebook: 978-3-946726-42-5
ISBN print: 978-3-946726-43-2

KAPITEL 1

ANNA

Fremdbestimmt.

Sollte ich mein Leben in diesem Augenblick mit nur einem Wort beschreiben, wäre es exakt *das*.

Egal, wie angestrengt ich auch überlegte, ich konnte mich beim besten Willen nicht mehr daran erinnern, ob es jemals anders gewesen war. Mein Lebensweg war von Kindesbeinen an von meinen Eltern geplant und durchstrukturiert worden, und nie hatte ich das infrage gestellt.

Nie hatte ich rebelliert.

Nie mir etwas anderes gewünscht.

Freiheit zum Beispiel. Das Recht darauf, eigene Entscheidungen zu treffen und Fehler zu machen. Das Verlangen, dieses Recht einzufordern, war nie dagewesen.

Bis heute.

Nachdenklich schaute ich auf den Keuschheitsring an meinem Ringfinger. Ich war gerade zwölf Jahre alt geworden, als ich meinem Dad zuliebe das Keuschheitsgelübde abgelegt hatte. Über die Tragweite dieses Schwurs hatte ich mir keinerlei Gedanken gemacht.

Jungs waren für mich damals so uninteressant gewesen, dass ich mir nicht hatte vorstellen können, dass sich an diesem Umstand jemals etwas ändern würde. Ich war lediglich ein kleines Mädchen gewesen, das seinen Daddy glücklich hatte machen wollen. Und das hatte ich getan. Er hatte so gestrahlt …

Doch jetzt erkannte ich allmählich, dass ich bei alldem eines vergessen hatte: Mich selbst!

Ich hatte zunehmend das Gefühl, unter all diesen Regeln und Zwängen zu ersticken, die meine strenggläubigen Eltern mir von klein auf eingetrichtert hatten und die ich auch brav befolgt und niemals hinterfragt hatte.

Was ich zu tun und zu lassen hatte, bestimmten meine Eltern.

Wie meine Zukunft aussehen sollte, bestimmten meine Eltern.

Was gut für mich war, bestimmten meine Eltern.

Ich kannte es seit neunzehn Jahren nicht anders.

Doch was wollte ich eigentlich? Nachdenklich schritt ich zum Spiegel. Die Frau, die mir entgegenblickte, war zu gleichen Teilen vertraut und fremd. Die Sommersprossen, meine Blässe, meine rotblonden Haare … all das war mir vertraut. Aber wer versteckte sich dahinter? Ich wusste, was man von mir erwartete und lange Zeit war ich der festen Überzeugung gewesen, dass mich genau das glücklich machte. Aber das war ich nicht.

Immer mehr bekam ich den Eindruck, dass das *richtige Leben* an mir vorbeizog.

In wenigen Wochen würde ich mit Lilian Cavanaugh, meiner besten Freundin, nach New York ziehen, um dort zu studieren. Bei dem bloßen Gedanken daran wurde ich kribbelig. Endlich der allgegenwärtigen Kontrolle und Beeinflussung meiner Familie zu entkommen, war so verlockend wie nie zuvor.

Nur wenige Augenblicke später bekam ich ein

schlechtes Gewissen, weil ich so über sie dachte. Ich liebte meine Mom und meinen Dad, aber in den letzten Wochen war mir ihre dauernde Bevormundung und ihr Einmischen in mein Leben zunehmend störend vorgekommen. Als ob sie der Hauptgrund waren, dass ich nicht wusste, was ich *wirklich* vom Leben wollte.

Sollte ich den von ihnen vorgezeichneten Weg weitergehen?

Oder vielleicht ausbrechen und meine eigenen Erfahrungen machen?

Wollte ich das überhaupt? Manchmal kam ich mir selbst unglaublich fremd vor. Ich wusste, was mein Umfeld von mir erwartete und handelte entsprechend, aber manchmal fühlte es sich so falsch an, dass ich erschrak.

Ich seufzte, als meine Mutter von unten nach mir rief. Heute Abend würde die alljährliche Sommerparty auf unserem Anwesen steigen, zu der auch sämtliche Nachbarn eingeladen waren.

Aufregung durchfuhr mich bei dem Gedanken, dass Evan Cavanaugh ebenfalls kommen würde. Lilys großer Bruder war zu Besuch bei seiner Familie und ich freute mich darauf, ihn wiederzusehen.

Im Gegensatz zu den Jungs in meinem Alter war Evan mit seinen achtundzwanzig Jahren ein richtiger Mann. Irgendwann in der Highschool hatte ich angefangen, für ihn zu schwärmen, aber das war immer mein gutgehütetes Geheimnis geblieben. Niemand – nicht einmal Lily – wusste davon.

Evan war schon allein aufgrund meines

Gelübdes tabu, ganz zu schweigen von dem Altersunterschied zwischen uns - doch das hatte mich nie daran gehindert, mir in meiner Fantasie auszumalen, wie es wäre, mit ihm zusammen zu sein.

Seit er eine Profikarriere als Rennfahrer eingeschlagen hatte, rümpften meine Eltern insgeheim die Nase über ihn. Ihnen gefiel an Evans Berufswahl so gut wie gar nichts. Weder die Gefahr, in die er sich in ihren Augen bei jedem Rennen zwangsläufig begab, noch der damit einhergehende Lebenswandel.

Meine Mutter rief mich ein weiteres Mal und ich machte mich auf den Weg nach unten, um ihr bei den letzten Vorbereitungen zu helfen.

Einige Stunden später war das Fest bereits in vollem Gang. Schmunzelnd beobachtete ich Lily, die ausgelassen mit einem unserer Ranch-Mitarbeiter tanzte. Ab und an beneidete ich meine beste Freundin um ihre Unbekümmertheit und den Freiraum, den ihre Eltern ihr gaben.

»Schatz, holst du bitte noch ein paar Flaschen Wein aus der Küche?«, bat meine Mom mich.

Ich nickte und machte mich auf den Weg in unser Wohnhaus. In der Küche angekommen holte ich mir erst einmal eine Flasche Wasser aus dem Kühlschrank und hielt sie mir an die Stirn. Die Hitze machte mir zu schaffen und ich sehnte mich nach einer Abkühlung. Ein Teil von mir war versucht, sich heimlich davonzustehlen und in unserem See eine Runde zu schwimmen, doch meine Eltern würden das nicht gutheißen.

Ich verzog das Gesicht.

So weit war es mit mir schon, dass ich mich aus Angst vor der Missbilligung meiner Familie nicht einmal mehr traute, abends noch baden zu gehen?! Kopfschüttelnd öffnete ich die Wasserflasche, nahm einen Schluck und stellte sie auf der Anrichte ab. Eigentlich wollte ich sie dort stehen lassen, aber ich zögerte. Meine Mutter konnte Wasserflecken auf dem Holz auf den Tod nicht ausstehen.

»Wahnsinnsrebellion, Anna«, flüsterte ich, seufzte resigniert und räumte die Flasche nach kurzem Zögern wieder zurück in den Kühlschrank.

Danach schnappte ich mir die auf der Kücheninsel bereitstehenden Weinflaschen und machte mich auf den Rückweg. Unser alter Mischlingshund versuchte, die Gelegenheit zu nutzen und sich an mir vorbei zu drücken, um ebenfalls nach draußen zu kommen.

»Rusty, tut mir leid, Kumpel, du musst drinnen bleiben.«

Winselnd und schwanzwedelnd sah er zu mir auf, aber ich blieb hart und scheuchte ihn wieder in das Innere des Hauses.

»Brauchst du Hilfe?«, ertönte plötzlich Evan Cavanaughs Stimme hinter mir und ich konnte gerade noch so verhindern, dass mir ein leiser Aufschrei entwich.

»Es geht schon, danke«, stammelte ich und unterdrückte ein Keuchen, weil Evan von hinten um mich herumgriff und die Haustür für mich schloss.

Himmel, was war denn los mit mir?!

Mein Blut dröhnte in meinen Ohren und mein

Puls raste, bloß weil Evan hinter mir stand und mir so nah war, dass sein Körper meinen berührte.

Erde an Anna: Bekomm dich gefälligst wieder ein!

Mit einem freundlichen Lächeln auf den Lippen drehte ich mich zu ihm um und schluckte schwer, weil mich sein Anblick nach all den Monaten völlig unvorbereitet traf. Verschmitzt lächelnd schaute er auf mich hinunter, was mein Herz noch schneller schlagen ließ. Seine dunkelblonden Haare, die blauen Augen und seine markanten Gesichtszüge machten mich seit jeher schwach. Evan überragte mich um gut anderthalb Köpfe und war so durchtrainiert, dass ich mich unwillkürlich fragte, wie sich sein Körper unter meinen Fingerspitzen wohl anfühlen würde.

Um Himmels willen, was tat ich denn hier?!

Seit wann erging ich mich direkt in seiner Gegenwart in so plastischen Fantasien über ihn beziehungsweise seinen Körper?!

Hitze stieg mir in die Wangen und ich war dankbar für die schummrige Beleuchtung auf unserer vorderen Veranda, die mein verräterisches Erröten hoffentlich vor ihm verbarg.

»Schön, dass du es doch noch geschafft hast«, plapperte ich drauflos und wollte im nächsten Moment am liebsten im Erdboden versinken.

Viel deutlicher hatte ich ihm quasi nicht sagen können, dass ich auf seine Ankunft gelauert hatte, seit die Party begonnen hatte.

»Die Gilmore-Sommerparty lasse ich mir auf keinen Fall entgehen«, erwiderte Evan mit einem Augenzwinkern und griff dann nach den

Weinflaschen in meiner Hand.

Als sich unsere Fingerspitzen berührten, jagte ein elektrischer Schlag durch meinen Körper, der mich erschauern ließ. Scheiße, das hatte er garantiert gemerkt!

»Wie lange wirst du diesen Sommer hier sein?«, fragte ich, während wir uns beide in Bewegung setzten und uns wieder auf den Weg zur Scheune machten, die das Zentrum der Feier bildete. »Lily meinte, dass du wohl nicht so lange wie ursprünglich geplant bleiben kannst«, schob ich schnell hinterher, damit er keinen falschen Eindruck bekam.

»Drei Wochen. Danach steht eine Sponsoring-Tour an, bevor der Rennzirkus erneut losgeht«, erwiderte Evan und grinste mich an. »Und du? Bist du den ganzen Sommer hier, oder geht es schon eher nach New York?«

Ich zuckte mit den Schultern. »Darüber habe ich mir noch keine Gedanken gemacht, wenn ich ehrlich sein soll.« Ursprünglich hatten Lily und ich gemeinsam verreisen wollen, doch daraus war letztlich nichts geworden.

Weitere Pläne für den Sommer hatte ich bisher nicht gemacht.

»New York ist eine tolle Stadt, du solltest dir überlegen, ob du nicht vorher schon ein wenig Zeit dort verbringen und sie unsicher machen willst.«

Wenn ich mich recht erinnerte, hatte Evan in New York eine Wohnung und verbrachte zumindest einen Teil des Jahres im Big Apple.

»Ich kann dir sicher den einen oder anderen Geheimtipp geben. Mit dem kannst du dann vor deinen Mitstudenten prahlen«, setzte er grinsend nach, bevor wir die Scheune betraten. »Wobei du braves Küken vermutlich eh keinen Club betreten würdest, oder?«, neckte er mich und lachte, als ich mit den Augen rollte. »Darfst du das überhaupt?«, zog er mich weiter auf.

»Natürlich darf ich das«, gab ich schnippisch zurück und vermied es tunlichst, Evan auf den Umstand hinzuweisen, dass ich *eigentlich* noch zu jung für Clubs war. Für Lilys Bruder war das Problem mit gefälschten Ausweisen dank seines Alters schon lange vorbei, ich steckte hingegen mitten drin!

Dennoch durfte ich auf Partys gehen. Meine Eltern waren zwar strenggläubig und wachten mit Argusaugen über mich, doch sie hatten mir zum Beispiel nie verboten, mit Lily auf bestimmte Feiern zu gehen. Ebenso wenig hatten sie etwas dagegen gehabt, dass ich mich an der Highschool mit Jungs getroffen hatte. Mein Dad hatte immer zu mir gesagt, dass er auf den Schwur vertraute, den ich vor seinen Augen und vor Gott abgelegt hatte. Dieser würde mich daran hindern, etwas Unüberlegtes zu tun.

»Wenn ich das nächste Mal in New York bin, rufe ich Lily an und dann machen wir zu dritt etwas, wie klingt das?«, schlug Evan vor, stellte die Weinflaschen auf der großen provisorischen Theke an der linken Wand ab und sah mich abwartend an.

»Super«, quetschte ich hervor und fragte mich gleichzeitig, ob ich noch zu retten war, weil in mir unwillkürlich der Gedanke hochkam, dass ich das lieber mit ihm *alleine* machen wollte.

»Für welches Studienfach hast du dich eigentlich entschieden?«

Interessiert musterte er mich. Das war etwas, das ich an Evan so mochte. Wenn er sich mit einem unterhielt, gab er einem nie das Gefühl, dass er das nur aus Höflichkeit tat. Im Gegenteil, er erweckte immer den Eindruck, dass er wirklich wissen wollte, was man zu sagen hatte.

»Biologie«, beantwortete ich seine Frage.

Ich erwartete einen hämischen Kommentar, doch der blieb aus, ehrliche Anerkennung war das Einzige, was ich in Evans Blick wahrnehmen konnte.

»Klingt schwierig. Naturwissenschaften waren nie so mein Ding.« Er lächelte schief und ich musste unwillkürlich grinsen.

»Ich erinnere mich dunkel an eine Geschichte, die Lily mir mal erzählt hat. Du, Mr. Jenkins und eine *spektakuläre* Explosion im Chemielabor«, erwiderte ich.

Evan lachte und fuhr sich mit der Hand durch die Haare. Eine Geste, die in mir den Wunsch weckte, das Gleiche bei ihm zu tun.

Oh Gott, wo kamen denn immer wieder diese Gedanken her?!

Ich konnte mich doch nicht völlig normal mit Evan unterhalten, nur um mich gleichzeitig in solchen Fantasien zu verlieren?!

»So schlimm war die Explosion auch nicht, Lily hat sicher übertrieben. Außer angesengten Augenbrauen bei mir und Mr. Jenkins ist nichts passiert!«, verteidigte er sich und ich kicherte.

Doch meine gute Laune verflog schnell wieder,

denn Sekunden später ertönte hinter mir eine nur zu bekannte und gleichzeitig verhasste Stimme. »Evan, du Flachwichser, was willst du von der Kirchenmaus?!«

Cage »Teufelshauch« Maddox.

Langsam drehte ich mich um und erblickte Evans besten Freund, an dessen Arm eine Tussi hing, für die die Bezeichnung *Boxenluder* noch viel zu freundlich war.

»Wie hast du mich genannt?«, zischte ich leise und versuchte, mich von seinem arrogant-spöttischen Blick und dem hämischen Lächeln der Botox-Tussi neben ihm nicht einschüchtern zu lassen.

Evans Hand auf meiner nackten Schulter ließ mich zusammenzucken. Dort, wo seine Finger meine Haut berührten, kribbelte und prickelte es wie verrückt und mein Herz flatterte so aufgeregt in meiner Brust, dass ich das Gefühl hatte, gleich ohnmächtig zu werden.

»Cage, sei einmal in deinem Leben kein totaler Vollarsch und benimm dich, wenn du schon *uneingeladen* hier aufschlägst«, ermahnte Lilys Bruder seinen Kumpel. Er lächelte mich kurz entschuldigend an, während ich weiterhin damit beschäftigt war, meine Atmung wieder unter Kontrolle zu bekommen.

»Uneingeladen?! Seit wann braucht man für so eine Veranstaltung eine Einladung? Das ist bloß eine Scheunen-Party, keine verfickte Gala!«, kam es prompt von Cage.

Was Evan und diesen Mann miteinander verband, hatte ich noch nie verstanden, doch die zwei waren Freunde von Kindesbeinen an. Lily und ich hatten Cage Maddox schon als Teenager inbrünstig gehasst, weil er sich ständig über sie lustig gemacht und sie bei jeder sich bietenden Gelegenheit aufgezogen hatte.

»Cage«, seufzte Evan, verdrehte die Augen und löste seine Hand von meiner Schulter, was mich um ein Haar dazu brachte, enttäuscht zu protestieren. »Vielleicht sehen wir uns später, Anna«, wandte er sich noch einmal an mich, bevor er seinem besten Freund auf die Schulter schlug und ihm etwas zuraunte, das ich nicht verstehen konnte, weil er so gedämpft sprach.

»Nee ernsthaft, was willst du von der prüden Schnalle?!«, blaffte Cage dafür umso lauter und ich ballte meine Hände zu Fäusten.

Was Evan ihm entgegnete, bekam ich nicht mehr mit, weil die zwei sich mit der Botox-Tussi im Schlepptau in Bewegung setzten.

»Alles okay?« Lily war so plötzlich neben mir aufgetaucht, dass ich leise aufschrie. Ich blickte zu ihr und nickte. »Cage Maddox ist echt so ein ekelhaftes Schwein«, murmelte sie und rümpfte ihre Nase. »Und sein Frauengeschmack ist dermaßen erbärmlich. Wird immer schlimmer. Irgendwann bricht der Widerling dem Rennstall noch mal das Genick.« Lily schob einen Laut des Ekels nach und ich musste lachen, weil die Abscheu in ihrer Stimme so von Herzen kam. »Bist du mir böse, wenn ich schon verschwinde? Ich bin müde und muss morgen früh raus«, erklärte sie.

Ich schüttelte mit dem Kopf und umarmte meine beste Freundin zum Abschied. Unschlüssig sah ich mich anschließend um. Alle Gäste schienen sich zu amüsieren, doch ich hatte keine Lust mehr und wollte allein sein. Verstohlen hielt ich nach meinen Eltern Ausschau und entdeckte sie am anderen Ende der Scheune, vertieft in ein Gespräch mit unserem Priester.

Perfekt.

Das würde dauern.

Ich huschte unauffällig hinaus und machte mich auf den Weg zu unserem See, um mir die Abkühlung zu gönnen, nach der ich mich schon den ganzen Abend sehnte. Das war auf jeden Fall besser, als den Rest der Zeit damit zu verbringen, darauf zu hoffen, dass Evan noch einmal zurückkehrte.

Cage Maddox hatte im Grunde genommen sogar Recht, so ungern ich das auch zugab. Ich war wirklich nicht die Art von Frau, die es mit Evan Cavanaugh aufnehmen konnte.

Nahm man es ganz genau, war ich nicht einmal eine Frau.

In Evans Augen würde ich ohnehin nie mehr sein als Lilys beste Freundin.

Anna Gilmore, die kleine prüde Kirchenmaus mit dem Keuschheitsring an ihrem Finger.

Ich stieß ein inbrünstiges Schnauben aus, während ich über den Hof hastete.

So sehr wie in diesen Minuten hatte ich mein Leben und mich selbst noch nie verabscheut.

KAPITEL 2

EVAN

»Ich will gar nichts von ihr, du Penner. Und sprich gefälligst etwas leiser! Sie ist Lilys beste Freundin und ich bin lediglich nett zu ihr gewesen«, raunte ich, während wir uns von Anna entfernten. »Was man von dir übrigens nicht behaupten kann«, setzte ich trocken nach und sah über meine Schulter noch einmal nach hinten.

Meine Schwester Lily war mittlerweile bei Anna aufgetaucht und blickte uns beziehungsweise meinem Kumpel mit einem Ausdruck tödlicher Verachtung hinterher. Verübeln konnte ich ihr das in dem Fall nicht, denn Cage hatte sich - nicht zum ersten Mal - unmöglich benommen. Eigentlich war das sein Standard, obwohl der Penner auch gute Momente hatte.

»Ich muss zu der verklemmten Bibel-Jungfrau nicht freundlich sein. Warum sollte ich auch?!«, blaffte Cage zurück und sein Fick für die heutige Nacht kicherte albern. »Ich meine, mal ehrlich, die kann doch nicht ganz klar im Kopf sein«, kam mein bester Kumpel so langsam richtig in Fahrt. »Wer verzichtet denn bitte freiwillig auf Sex und spart sich für die *Ehe* auf?!« Er verzog angewidert das Gesicht.

»Du musst sie nicht verstehen. Respektieren reicht völlig, Cage«, schnauzte ich und fragte mich gleichzeitig, warum ich eigentlich so angefressen reagierte und Anna verteidigte.

Ich selbst hielt genauso wenig von ihrem

absurden Keuschheitsgelübde. Die Katze im Sack zu kaufen und erst in der Hochzeitsnacht zu beginnen, sich die Hörner abzustoßen, war absoluter Irrsinn.

»Alter, bist du etwa doch heiß auf die prüde Kirchenmaus?!« Cage blieb so abrupt stehen, dass seine Begleiterin beinahe stolperte. Er sah mich eindringlich an und fing dann an zu grinsen. »Die Vorstellung, die fromme, kleine Anna auf die dunkle Seite zu ziehen, ist scharf. Und so, wie sie dich anschmachtet, hättest du sicher *ganz* leichtes Spiel bei ihr.« Er kratzte sich am Kinn und warf einen nachdenklichen Blick in Richtung der Scheune. »Aber ich weiß nicht, ob dieser Fick den Ärger wert wäre. Vermutlich lässt sie dich im Dunkeln in der Missionarsstellung drüberrutschen, jault und jammert anschließend, weil es weh tut und behauptet hinterher noch, du hättest sie zu alldem gezwungen. So was wittere ich schon. Das Weib bedeutet Ärger.« Cage schüttelte mit dem Kopf. »Und als Nächstes hast du dann deine Schwester am Hals, die dir die Hölle heiß macht.«

Ehe ich etwas erwidern konnte, ertönte ausgerechnet Lilys Stimme hinter mir. »Warum sollte ich Evan die Hölle heiß machen?«, fragte sie und Cage grinste schmutzig.

»Nichts für die Ohren kleiner Mädchen«, antwortete mein Kumpel in einem ätzenden Singsang und Lily, die mittlerweile neben mir stand, stieß ein genervtes Knurren aus.

»Große Fresse und nichts dahinter, ich bin wie jedes Mal beeindruckt … *nicht*«, blaffte sie meinen besten Freund an, bevor sie sich an mich wandte.

»Ich wollte mich nur kurz von dir verabschieden, ich verschwinde nach Hause«, erklärte sie und umarmte mich anschließend fest.

»Schon Schlafenszeit für tugendhafte, kleine Mädchen?«, zog Cage meine kleine Schwester auf.

Er konnte es prinzipiell nicht vertragen, wenn jemand anders als er das letzte Wort hatte, aber bei Lily war das besonders ausgeprägt.

Meine Schwester löste sich von mir und lächelte Cage dann zuckersüß an. »Nein. Nur die zuletzt eingetroffenen Gäste … die verursachen bei mir mit ihrem ekelhaften Benehmen akuten Brechreiz.«

Cage lachte dröhnend. Er würde es nicht einmal mir gegenüber zugeben, doch ich wusste, dass ihm diese Schlagabtausche mit Lily Spaß machten. Sie zuckte – genau wie ich – nicht vor ihm zurück. Bei Frauen war das allerdings eine Seltenheit, aber sie war auch eine echte Cavanaugh.

»Immer noch so empfindlich, hm?«, foppte er sie und wackelte mit den Augenbrauen.

Lily hasste Cage inbrünstig, seit er irgendwann im Teenageralter damit begonnen hatte, sie wegen jedem Scheiß zu ärgern, aber sie gab auch nicht nach. Würde sie es gut sein lassen, wäre sie schnell uninteressant für Cage. So war sie seit Jahren sein liebstes Opfer für Sticheleien.

Ich hielt mich da raus. Solange der Wichser sie nicht anrührte, war das für mich okay. Einen besseren Sparringspartner als Cage konnte ich mir für meine Schwester nicht wünschen. Wer ihm Paroli bot, würde sich auch später nicht so leicht unterbuttern lassen.

»Und du? Nach wie vor komplett niveaulos,

hm?«, zickte Lily zurück und ich biss mir auf die Zunge, um mein Lachen zu unterdrücken, weil meinem Buddy kurz die Gesichtszüge entgleisten.

Eins zu null für meine Schwester.

Als stolzer großer Bruder würde ich sie gerade nur zu gern in den Arm nehmen, aber ich musste zumindest nach außen hin neutral tun.

»Wir sehen uns zu Hause, Evan.« Ehe Cage etwas erwidern konnte, hatte meine Schwester auf dem Absatz kehrtgemacht und uns – oder vielmehr meinen besten Freund – stehengelassen.

Cage starrte ihr einen Augenblick lang hinterher und räusperte sich dann. »Wir sind eigentlich nur hier aufgeschlagen, weil wir dich mitnehmen wollten. Owen schmeißt eine von seinen Spontanpartys, da geht garantiert mehr ab als hier.« Owen war unser Mechaniker und vor allem berühmt-berüchtigt für seine in schöner Regelmäßigkeit eskalierenden Feiern - doch irgendwie stand mir der Sinn danach heute nicht.

»Ich passe«, lehnte ich ab und Cage stöhnte genervt.

»Cassie wird auch da sein«, versuchte er, mich zu locken, aber selbst die Aussicht auf einen hemmungslosen Fick mit meiner derzeitigen On-/Off-Affäre reizte mich nicht.

»Nein«, blieb ich standhaft.

Cage zuckte mit den Schultern. »Dir ist echt nicht zu helfen. Falls du doch noch zur Besinnung kommst, weißt du ja, wo du uns findest.« Mit diesen Worten setzte er sich in Bewegung und zog seine Begleitung mit sich.

Ich schaute ihm einen Augenblick hinterher, ehe

ich mich auf den Weg zurück zur Scheune machte. Dort angekommen sah ich mich suchend um, konnte Anna jedoch nirgends mehr entdecken.

Shit.

Ich hatte gehofft, mich bei ihr für Cages unmögliches Benehmen entschuldigen zu können, doch scheinbar hatte sie die Party wie Lily ebenfalls verlassen.

Unschlüssig ließ ich meinen Blick über die Gäste schweifen und entschied mich schließlich, es meiner Schwester gleichzutun und mich auf den Weg nach Hause zu machen. Es eine Nacht mal ruhig angehen zu lassen, würde mich nicht gleich umbringen, obwohl Cage das sicher anders sehen würde.

Zehn Minuten später passierte ich gerade den See, der zu den Ländereien der Gilmores gehörte. Irritiert hielt ich inne, als ich ein leises Platschen vernahm. Sollte Lily vielleicht einen Halt eingelegt haben, um sich eine Abkühlung zu gönnen? Verdenken konnte ich es ihr angesichts dieses unerträglich heißen Tages nicht, doch gleichzeitig machte mich ihr Leichtsinn wütend.

Vorsichtig trat ich näher an das Ufer und versteckte mich halb hinter einem der dort stehenden Bäume. Sollte es tatsächlich Lily sein, die sich hier eine nächtliche Erfrischung erlaubte, würde sie gleich ihr blaues Wunder erleben. Hier konnte sonst was passieren und vor allem würde hier kein Schwein ihre Schreie hören!

Der Mond schien ziemlich hell und stand reichlich hoch, sodass ich nur ein paar Augenblicke brauchte, bis ich erkannte, dass es nicht Lily war, die im See ihre Bahnen zog.

Nein, es war Anna.

Der sittsamen Freundin meiner kleinen Schwester hätte ich einen derartigen Leichtsinn gar nicht zugetraut.

Ich beobachtete sie ein Weilchen, bis mir bewusst wurde, dass ich mich wie ein elender Spanner im Wald herumdrückte. Kopfschüttelnd wollte ich mich bereits abwenden, um endlich den restlichen Heimweg anzutreten, als Lilys beste Freundin in eben diesem Moment zu der am Ende des Stegs befindlichen Leiter schwamm und aus dem Wasser hinausstieg.

Nackt.

Fuck.

Gehen war damit ausgeschlossen.

Heilige Scheiße, nie im Leben hätte ich gedacht, dass sich unter der braven Kleidung, die Anna grundsätzlich trug, ein solcher Traumkörper verbarg. Angefangen bei ihren festen, kleinen Titten, gefolgt von ihrem verführerisch geschwungenen Knackarsch, ganz zu schweigen von dem winzigen, dunklen Dreieck zwischen ihren Schenkeln.

Cages Worte kamen mir in den Sinn. Dass Anna für mich schwärmte, hatte ich selbst längst bemerkt, doch bisher hatte ich dem keine weitere Beachtung geschenkt. Für mich war immer klar gewesen, dass da nie etwas laufen würde.

Wo zum Teufel kam dann diese plötzliche Geilheit auf sie her?!

Shit.

Sie war Lilys beste Freundin.

Sie war *viel* zu jung.

Sie hatte dieses dämliche Keuschheitsgelübde abgelegt, das ich respektieren sollte. Immerhin hatte ich Cage, bei dem eigentlich jeder Versuch vergebens war, noch etwas von Respekt erzählt. Gehe ich jetzt zu ihr …

Verfickt noch mal ich wusste, dass Anna mich scharf fand und sie war so unschuldig und unerfahren, dass ich keine Mühe haben würde, sie zu verführen. Das war meinem Gewissen durchaus klar. Aber leider wurde es ignoriert.

Wie ferngesteuert bewegte ich mich auf den Steg zu, auf dem Anna sich gerade anzog. Je näher ich ihr kam, desto schwächer wurden meine Skrupel.

Verdammte Scheiße, ich wollte sie flachlegen.

Hier und jetzt.

KAPITEL 3

ANNA

Mich davonzustehlen, um mir eine Abkühlung zu gönnen, war genau die richtige Entscheidung gewesen. Bereits seit dem frühen Morgen war es unerträglich heiß und windstill, und selbst jetzt waren die Temperaturen nach wie vor ungewöhnlich hoch. Auf der Party würde mich ohnehin niemand vermissen.

Ich schwamm noch ein paar ausgiebige Runden, bevor ich zum Steg zurückkehrte und aus dem Wasser kletterte. Leider hatte ich nicht daran gedacht, mir ein Handtuch mitzunehmen, aber bis zur Farm war es nicht allzu weit und meine Haut würde angesichts der brütenden Hitze sowieso schnell trocknen. Ich wrang so gut es ging meine Locken aus und bückte mich anschließend nach meiner Unterwäsche und meinem Kleid. Nachdem ich alles wieder angezogen hatte, schnappte ich mir meine Flip-Flops.

Beschwingt machte ich auf dem Absatz kehrt und stieß einen erschrockenen Schrei aus, als ich ausgerechnet Evan wenige Meter vor mir entdeckte. Mit einem leisen Geräusch fielen meine Sommerschuhe auf die Wiese vor dem Steg. Mein Herz stolperte und schlug dann so schnell weiter, dass ich das Gefühl hatte, es würde jeden Moment aus meiner Brust springen.

Was machte Lilys Bruder hier?!

Meine Augen weiteten sich, als mir ein neuer, noch viel erschreckenderer Gedanke kam.

Wie lange war er schon da?!

Hatte er mich etwa nackt gesehen?!

»Bist du wahnsinnig geworden?!«, blaffte ich ihn an. »Du kannst dich doch nicht einfach so an mich heranschleichen!«

Evan grinste nur, setzte sich in Bewegung und kam langsam näher, was mich ganz automatisch zurückweichen ließ. Zumindest, bis mir bewusst wurde, was ich tat. Abrupt blieb ich stehen, straffte die Schultern und reckte das Kinn nach vorn.

»Wieso bist du nicht mehr auf der Party?«, fragte ich. Ich stemmte die Hände in die Seiten und zwang mich, zu bleiben, wo ich war, obwohl alle meine Instinkte mir rieten, zu fliehen. Evan war mir seit frühester Kindheit vertraut, aber dieser Mann dort vor mir … der war es nicht. Irgendetwas hatte Lilys Bruder gerade an sich, das mich unruhig machte.

»Ich war auf dem Weg nach Hause … bis ich dich entdeckt habe«, antwortete er und seine Stimme klang merkwürdig belegt. »Den Anblick konnte ich mir nicht entgehen lassen.«

Mein Unterkiefer klappte nach unten, weil er mir damit ziemlich direkt die Antwort auf die Frage gegeben hatte, wie lange er hier schon stand.

»Du hast mich beim Schwimmen beobachtet?!«, krächzte ich und er nickte, während er noch dichter kam. Das an sich wäre ja gar nicht das Schlimmste, aber er hatte mich damit auch gesehen, als ich aus dem Wasser gestiegen bin.

Oh Gott, er hatte mich tatsächlich nackt gesehen!

Kein Mann hatte mich bisher nackt gesehen!

Die Wucht dieses Gedankens ließ mich

rückwärts gehen, bis ich gegen die halb geöffnete Tür des Bootshauses prallte. Ich machte einen eigentlich völlig sinnlosen Schritt nach rechts, um ihm zu entkommen, doch Evan packte mein Handgelenk mit spielerischer Leichtigkeit und hielt mich fest. Wie vorhin in der Scheune prickelte jeder Zentimeter meiner Haut, die er berührte.

Er drängte mich gegen die Wand des Bootshauses und sah mit einem unergründlichen Gesichtsausdruck auf mich hinunter.

Was tat er denn hier?

Die einzig logische Erklärung jagte mir Angst ein, verursachte aber auch einen wohligen Schauer.

»Dass dieser kleine und zierliche Körper überaus verführerische Rundungen an exakt den richtigen Stellen hat, ist mir vorher nie aufgefallen«, murmelte Evan.

Er strich mit seinen Fingerkuppen über meine Wange und dann langsam meinen Hals hinab bis zu meinem Schlüsselbein. Meine Atmung ging immer abgehackter und meine Haut kribbelte überall dort wie verrückt, wo er mich berührt hatte. Evan glitt tiefer, schob seine Hand unter den durch das Seewasser auf meiner Haut leicht feuchten Stoff meines Kleides und streichelte mich entlang der Kante meines Spitzen-BHs.

»Als Frau habe ich dich nie wahrgenommen. Bis jetzt nicht.«

Er beugte sich zu mir hinunter und drückte seinen Mund auf meinen Hals, was mein Blut in noch schnelleren Schüben als ohnehin schon durch meinen Körper jagen ließ. Seine warmen und weichen Lippen so auf mir zu spüren, weckte einen ganzen Schwarm von Schmetterlingen in meinem Inneren.

»Evan … was … was … tust du da?!«, stotterte ich und er lachte leise. Gut, die Frage war jetzt kein Zeugnis meiner Intelligenz, aber er wusste doch, was ich meinte.

»Was du dir insgeheim sehnlichst wünschst, Anna.«

Wie bitte?!

Entrüstet stemmte ich meine Hände gegen seine Brust und schob ihn von mir. Endlich schien mein Verstand wieder anzuspringen.

»Ich habe keine Ahnung, wie du auf die Idee kommst, zu wissen, was ich mir wünsche und was nicht! Dein Verhalten ist unverschämt und völlig unangemessen!« Ich schoss an ihm vorbei, doch ich kam keine zwei Schritte weit, bevor Evan mich eingeholt hatte.

Er packte mich, hob mich hoch und trug mich gegen meinen erbitterten Protest bis zu der alten Werkbank an der rechten Vorderseite des Bootshauses. Nachdem er mich darauf abgesetzt hatte, griff Evan mit einer Hand in meinen Nacken und presste seinen Mund auf meinen, was meine gesamte Gegenwehr innerhalb eines Wimpernschlages zum Erliegen brachte.

Er schob meine Beine auseinander und stellte sich dazwischen. Ich sollte ihn wegschubsen, ihn stoppen, doch ich konnte oder vielmehr wollte nicht. Was hier gerade passierte, hatte ich mir seit einer halben Ewigkeit gewünscht.

So lange hatte ich mir vorgestellt, wie es sein würde, ihn zu küssen, doch dieser Kuss war so anders als alles, was ich mir ausgemalt hatte. Seine Zunge teilte meine Lippen, während er mich mit einer Hand auf meinem Hintern dicht an sich drückte. Er neckte mich, forderte mich heraus und brachte mich dazu, seinen Kuss mit der gleichen Intensität zu erwidern.

Evans Geschmack und sein männlicher Geruch berauschten mich und ließen mich meine Finger in sein Shirt krallen. Sein Kuss weckte einen bisher unbekannten Hunger in mir, der sämtliche meiner Nervenenden zum Vibrieren brachte.

Mein Körper spielte völlig verrückt und schien förmlich zu pulsieren. Die Empfindungen, die über mich hinweg brandeten, brachten meinen Schoß so heftig zum Pochen, dass ich glaubte, jeden Moment den Verstand zu verlieren.

Keuchend klammerte ich mich an Evan, als er sich von meinen Lippen löste und mit seiner Zunge eine feuchte Spur meinen Hals hinab zu meinem Dekolleté zog. Er schob die Träger meines Kleides zusammen mit denen meines BHs von meinen Schultern und grinste dreckig, weil ich erschauerte und versuchte, das zu unterdrücken.

»Ich habe durchaus bemerkt, wie du mich immer anschaust, wenn du glaubst, ich bekomme es nicht mit«, murmelte er, glitt mit seinen Fingern zu meinem Rücken und öffnete den Verschluss meines BHs. »Auch heute Abend, Anna. Wie du mich angesehen und wie du körperlich auf mich reagiert hast, bevor Cage aufgetaucht ist, ist mir nicht entgangen. Vergiss nicht, dass ich keiner deiner unerfahrenen Highschool-Jungs bin«, raunte er.

Verlegen wandte ich meinen Kopf ab und

spürte, wie mir Hitze in die Wangen stieg. Seit meiner Teenager-Zeit war ich in Evan verschossen, doch ich hatte immer gedacht, dass er von meiner Schwärmerei für ihn nichts mitbekommen hatte. Wenn er das schon bemerkt hatte …?

Ich fing an zu zittern, als Evan mir den BH ganz auszog und seinen Mund auf meine Brust drückte. Seine Zunge umspielte meinen Nippel und ich schnappte erschrocken nach Luft, weil ich das Gefühl hatte, als würde kochend heiße Lava durch meine Venen fließen. Jedes Mal, wenn er mit seinen Zähnen meine Brustwarze reizte, schien ein elektrischer Impuls direkt in meine Scham zu jagen.

Evans langsam an der Innenseite meines Oberschenkels hinaufwandernde Hand ließ mich den Atem anhalten und regungslos verharren. Mein Herz schlug so rasend schnell in meiner Brust, dass mir schwindelig wurde. Haltsuchend krallte ich mich an seine Schultern und seufzte leise, als seine Finger den Saum meines Slips erreichten.

»Dieser Keuschheitsring … ist der echt?« Verwirrt sah ich ihn an. Offenbar sprach mein Gesicht Bände, denn er redete weiter. »Ich habe mitbekommen, wie Lily dir die Pille zugesteckt hat.«

Ein neuer Schwall von Wärme flutete meine Wangen. Mittlerweile hatte ich vermutlich das Aussehen eines Feuermelders angenommen. Ich nahm die Pille aufgrund starker Regelschmerzen schon seit Jahren, doch da ich nicht wollte, dass mein Dad etwas davon mitbekam, besorgte Lily sie für mich. Das hatte aber keine klassische Verhütung als Hintergrund.

»Also, ist er echt, oder trägst du ihn nur zum

schönen Schein? Um deinen Daddy zu beruhigen, während du es eigentlich faustdick hinter den Ohren hast?«, zog er mich mit einem verführerischen Grinsen auf.

»Was ist das denn für eine Frage?!«, antwortete ich entrüstet.

Obwohl ich das Keuschheitsgelübde vor allem meinem Dad zuliebe abgelegt hatte, hatte ich bisher keine Schwierigkeiten damit gehabt, mich daran zu halten.

Bis jetzt.

Bis Evan Cavanaugh vor mir auf dem Steg aufgetaucht und wie ein Sturm über mich hinweggefegt war. Meine Antwort zauberte ein selbstgefälliges Lächeln auf seine Lippen.

Evans Hand schlüpfte unter den Stoff meines Höschens und zu meinem eigenen Entsetzen gab ich einen flehentlich klingenden Laut von mir. Er seinerseits stöhnte rau, beugte sich zu mir und verschloss meinen Mund mit seinem.

Seine Zunge forderte meine zu einem hemmungslosen Tanz heraus, und gleichzeitig ließ er seine Finger tiefer wandern. Ich keuchte in unseren Kuss und drängte mich ihm noch entgegen, weil ich ihn unbedingt dort spüren wollte. Exakt an dem Punkt, von dem dieses unerträgliche und gleichzeitig wundervolle Pochen in Wellen durch meinen Unterleib pulsierte. Ich war nach so kurzer Zeit schon beinahe süchtig nach diesem Gefühl.

»Scheiße, Anna, du bist *tatsächlich* noch Jungfrau?!«, knurrte Evan zwischen zwei Küssen und ich nickte kläglich, nur um einen Moment später stöhnend den Kopf in den Nacken zu werfen, weil er seinen Finger über den pulsierenden Nervenknoten zwischen meinen Schenkeln kreisen ließ.

Evan war der Erste überhaupt, der mich dort berührte. Meinen Highschool-Freunden hatte ich außer Knutschen und etwas Fummeln oberhalb der Gürtellinie nichts erlaubt - doch Evan konnte und wollte ich nichts entgegensetzen. Das, was er mit seinen Berührungen in mir auslöste, fühlte sich viel zu intensiv und heiß an, um ihm noch Einhalt zu gebieten.

»Ein anständiger Mann würde seine Hände von dir lassen und dich nach Hause bringen«, murmelte er an meinen Lippen. »Aber ich bin kein anständiger Mann.«

Ich wollte protestieren, doch ein weiterer leidenschaftlicher Zungenkuss stoppte mich und ich wimmerte sehnsüchtig, weil er einen Finger in mich schob. Es fühlte sich fremd an. Aber ich wollte umgehend mehr.

»Wenn du jetzt nicht *Nein* zu mir sagst, Anna, werde ich mir nehmen, was ich haben will, seit ich dich nackt auf diesem verfickten Steg gesehen habe. Letzte Chance.«

Mein Blut rauschte in meinen Ohren, während mein Verstand endgültig kapitulierte und sich Evan und dem, was er in mir auslöste, ergab.

»Bitte nicht aufhören«, flehte ich mit leiser Stimme und schlang einen Arm um seinen Hals. »Nicht aufhören«, seufzte ich und er erhöhte den Druck seines Handballens auf meiner Klitoris, was ein noch heftigeres Zucken durch meinen Körper schießen ließ.

»Bist du mit deinen Highschool-Jungs nicht einmal so weit gegangen? Du reagierst, als würdest du das zum ersten Mal erleben«, raunte er, während er seinen Finger in mir konstant rein und raus bewegte.

Ich nickte und verbarg mein Gesicht an seiner Schulter, doch Evan ließ mir das nicht durchgehen. Er griff in mein Haar und zerrte meinen Kopf nach hinten. Sein Blick war so durchdringend, dass ich Mühe hatte, ihm standzuhalten.

»Zum allerersten Mal … als hättest du … Anna, sag mir bitte nicht, dass du dich noch nie selbst berührt hast«, stöhnte Evan mit einem Hauch von Verzweiflung, doch auch unüberhörbarer Gier in der Stimme.

»Habe ich aber nicht«, antwortete ich nahezu tonlos und schloss die Augen. »Das war Teil des Keuschheitsgelübdes«, verteidigte ich mich und wünschte mir, dass sich der Erdboden unter mir auftat.

Hielt Evan mich bisher nicht bereits für verrückt oder sonderbar, so tat er es jetzt garantiert. Wenn Lily so etwas schon für weltfremd und übertrieben hielt, dann fand ihr sexuell äußerst aktiver Rennfahrer-Bruder das sicher völlig durchgeknallt. Wahrscheinlich würde er das hier jeden Augenblick beenden und sich lachend abwenden.

»Heilige Scheiße«, fluchte er und bewegte seinen Finger wieder in mir, was mich zittrig ausatmen ließ. »Sowas kannst du einem Kerl wie mir nicht sagen, das wirkt wie ein Brandbeschleuniger.«

Verwirrt runzelte ich die Stirn, kam aber nicht

mehr dazu, etwas zu erwidern, weil Evan mich erneut küsste, während er in einem langsamen und sinnlichen Rhythmus seinen Finger in mich hinein- und wieder herausgleiten ließ. Die Empfindungen, die er damit in mir weckte, waren so durchdringend und lustvoll, dass ich nicht anders konnte, als seinen Namen zu stöhnen.

»Davon will ich mehr hören, Honey.«

Seine Stimme klang so heiser, dass ein Prickeln über meine Wirbelsäule hinab rieselte. Der Druck, den er mit seinem Handballen auf meine Klit ausübte, machte mich wahnsinnig und so konnte ich einen protestierenden Laut nicht unterdrücken, als er seinen Finger zurückzog und sich von mir löste.

Evan hob mich von der Werkbank, was das sich ohnehin nur noch um meine Taille bauschende Kleid zu Boden fallen ließ. Er ging vor mir auf die Knie, hakte seine Finger unter das Bündchen meines Slips und zog ihn mir aus, bevor er mich an den Hüften packte und erneut auf die Bank setzte. Der Umstand, dass ich komplett nackt vor ihm saß, während Evan vollständig bekleidet war, ließ mein Herz rasen und meine Atmung immer schneller gehen.

Dass er danach wieder vor mir auf die Knie ging, irritierte mich. Seine Hände an meinen Oberschenkeln ließen ein weiteres kräftiges Zittern durch meinen Körper fahren und meine Augen weiteten sich, als Evan begann, meine Beine zu spreizen.

Oh.

Mein.

Gott.

»Anna, wenn du mich so anschaust, macht mich das nur noch geiler.« Er presste seinen Mund auf die Innenseite meines linken Oberschenkels und wanderte langsam höher.

Ich stellte das Atmen ein und starrte wie paralysiert auf ihn hinunter. Jeder Millimeter meiner Haut, den er mit seinen Lippen berührte, kribbelte und in meinem Bauch schienen sich Millionen von Schmetterlingen endgültig zu verselbständigen.

»Evan«, hauchte ich und schnappte hektisch nach Luft, weil er mich sanft gebissen hatte.

Unaufhaltsam näherte er sich meinem Geschlecht und mit jedem Zentimeter wurde das Prickeln in meinem Unterleib stärker. Ich konnte es kaum erwarten, ihn dort zu spüren, und doch hatte ich gleichzeitig Angst davor.

Angst vor den Empfindungen, die er damit in mir auslöste.

Angst davor, etwas falsch zu machen.

Angst davor, dass …

Was auch immer ich hatte denken wollen, es wurde in dem Moment ausgelöscht, als Evan seinen Mund auf meine Scham drückte.

Das erste sanfte Kreisen seiner Zunge auf meiner Klit ließ mich ein langgezogenes, überraschtes und verlangendes »Oh« ausstoßen.

Das zweite Kreisen brachte mich dazu, die Hände hilflos zu Fäusten zu ballen und seinen Namen zu wimmern.

Das dritte Kreisen löschte auch den letzten Funken klaren Denkens bei mir aus und ließ eine Welle nie gekannter Lust und Begierde durch meinen Körper fluten.

Ich wand mich unter seinen Zungenschlägen, vollkommen überfordert mit den mich durchströmenden Emotionen. Wie konnte etwas, dass sich so anfühlte und derartig intensive Empfindungen in mir auslöste, falsch sein?! Was hatte ich bislang verpasst?!

»Nicht aufhören … nicht aufhören … oh bitte«, bettelte ich und keuchte laut, als Evan anfing, an meiner Klitoris zu saugen. »Oh Gott«, stöhnte ich, weil mein Unterleib krampfte und das Pulsieren in meinem Schoß noch kräftiger wurde. »Oh Gott, ja!«

Evan hatte erneut einen Finger in mich geschoben und krümmte ihn in meinem Inneren, was irgendetwas, das ich nicht in Worte fassen konnte, in mir auslöste. Er ließ seine Zunge immer schneller kreisen und ich explodierte förmlich.

Mein gesamter Körper wurde durchgeschüttelt und mein Geschlecht zog sich immer wieder heftig zusammen. Ich verlor mich völlig in der Leidenschaft und Lust, die Evan in mir aus ihrem tiefen Dornröschenschlaf geweckt hatte.

Auf meiner Haut hatte sich ein zarter Schweißfilm gebildet und ich gab einen flehentlichen Laut von mir, als er sich zurückzog, sich aufrichtete und das schmale Rinnsal zwischen meinen Brüsten mit seiner Zunge auffing.

Evan küsste mich und im ersten Moment zuckte ich zurück, weil es seltsam war, mich selbst auf seinen Lippen zu schmecken. Doch das Gefühl verschwand nach wenigen Sekunden und es blieb nur mein brennendes Begehren und der Wunsch, dass das hier nicht endete.

Er löste sich von mir, zerrte sein T-Shirt über seinen Kopf und öffnete seine Jeans, was zum einen das aufregende Gefühl in meinem Bauch verstärkte. Zum anderen weckte es aber auch meine latent unter der Oberfläche schlummernde Furcht vor dem, was jetzt kommen würde, sodass ich nicht wagte, Evans Körper zu betrachten.

Ich richtete meinen Blick auf Evans Gesicht, als er seine Hose zusammen mit seiner Pants ein Stück nach unten schob. Er lächelte mich an und streichelte mit seinen Fingerspitzen kurz über meine Wange, was die Aufregung in mir leider nur noch verstärkte. Ich wollte das hier, und doch hatte ich Angst.

Evan griff in meine Kniekehlen und zog mich ein bisschen dichter an die Kante. Nach Luft schnappend klammerte ich mich an seine Schultern, als ich seine Schwanzspitze an meiner Scham fühlte. Mein Herz schlug mit gefühlter Schallgeschwindigkeit in meiner Brust und meine Atmung ging so schnell, dass mich ein neuerlicher Schwindel erfasste.

»Anna«, wisperte Evan und ich atmete scharf ein, als er sich in mich schob. Ein kurzes starkes Stechen schoss durch meinen Unterleib und ich verkrampfte mich angesichts der ungewohnten Dehnung. Sein Finger war ein Witz gegen das gewesen, was ich nun fühlte. Immer tiefer drang Evan in mich ein und mein Körper protestierte und verspannte sich. »Süße Anna«, flüsterte er und küsste mich rau und voller Gier.

Er zog sich zurück und gerade, als ich ein wenig locker ließ, stieß er erneut und deutlich kraftvoller als zuvor in mich. Dieses Mal verharrte er tief in mir und das Gefühl seines mich dehnenden Schwanzes ließ mich atemlos zurück. Instinktiv schlang ich meine Beine um seine Hüften und Evan fluchte so derb, dass ich erschrocken zusammenzuckte. Seine Hand an meinem Hintern hielt mich in Position, während er sich mit der anderen neben mir an der Wand aufstützte.

»Du bringst mich um meinen verfickten Verstand … so eng … so heiß«, stöhnte Evan und ich konnte nichts gegen das Lächeln unternehmen, das sich auf mein Gesicht stahl. Dass ich einen Mann wie ihn um den Verstand bringen konnte, wäre mir vor einer Stunde noch utopisch erschienen.

Er glitt fast zur Gänze aus mir hinaus, nur um sogleich wieder zügig in mich einzudringen. Ihn so zu spüren, war unglaublich und so viel besser als alles, was ich mir vorgestellt hatte. In meiner Fantasie hatte mein erstes Mal in einem Bett stattfinden sollen, zig Kerzen um uns herum und kitschige Musik im Hintergrund, und natürlich hatte es mein Ehemann sein sollen, dem ich meine Jungfräulichkeit nach einer wunderschönen Hochzeit schenkte.

Doch hier und jetzt konnte ich mir nicht vorstellen, dass dieses vermeintliche Traum-Erste-Mal das, was ich jetzt mit Evan erlebte, auch nur ansatzweise toppen konnte. Mit jedem tiefen und festen Stoß katapultierte er mich in eine neue Welt voller Lust und Leidenschaft, von der ich einfach nicht genug bekommen konnte.

»Bitte«, flehte ich sehnsuchtsvoll und hatte

eigentlich keine Ahnung, worum ich überhaupt bettelte.

Evan stieß immer hemmungsloser, rauer und wilder in mich und entlockte mir so ein lustvolles Keuchen nach dem anderen. Meine Locken klebten mir im Gesicht und das Geräusch unserer aufeinanderklatschenden Körper sowie unser beider Stöhnen durchbrach die Stille der Nacht.

»Oh Gott … oh Gott … Evan!«, rief ich und bog meinen Oberkörper durch, als er seinen Finger auf meine Klit legte und sanft über sie rieb.

Binnen Sekunden explodierte ich ein weiteres Mal, und mein Höhepunkt brach so unvermittelt über mich hinein, dass ich meine Fingernägel in Evans Schultern schlug und mich verzweifelt an ihn klammerte. Jede Faser in mir vibrierte und ich fühlte mich so … anders.

Frei.

Lebendig.

Als wäre alles möglich.

Evan schob seine Hände unter meinen Hintern und drang zunehmend schneller in mich ein, was meinen Körper immer heftiger zucken ließ. Nach einigen weiteren Stößen erstarrte er, stöhnte meinen Namen, und ich spürte, wie er in mir pulsierte und sich verströmte.

Atemlos legte ich meinen Kopf auf seine Schulter und presste meine Lippen auf seinen Hals. Ich hatte Angst, etwas zu sagen und diesen Moment damit kaputt zu machen. Aber noch mehr fürchtete ich mich davor, dass Evan irgendetwas von sich gab, dass das soeben Erlebte für mich in meiner Erinnerung für immer zerstören würde.

Doch er blieb stumm.

Er hielt mich in seinen Armen und streichelte mir beruhigend über den Rücken, bis er sich nach ein paar Minuten von mir löste und sich aus mir zurückzog, was mir ein leises Wimmern entlockte.

Evan sah mich nur schweigend an und strich mir die Locken aus dem Gesicht, bevor er sich an seiner Hose zu schaffen machte und diese wieder richtete. Als er sich nach seinem T-Shirt bückte, ließ ich mich vorsichtig von der Werkbank gleiten. Mein Schoß pochte nach wie vor und schloss ich die Augen, hatte ich das Gefühl, ihn erneut in mir zu spüren.

Betreten und irgendwie zunehmend verwirrt sammelte ich meine Wäsche auf, zog sie hastig an und streifte anschließend mein Kleid über. Mit jeder Sekunde wurde die Stille zwischen uns, die ich vorhin noch herbeigesehnt hatte, merkwürdiger.

Wie Fremde gingen wir nebeneinander über den Steg. Bei meinen Flip-Flops angekommen hielt ich inne und stieg schnell in sie. Evan blieb einen Moment lang scheinbar unschlüssig stehen, zog mich dann an sich und gab mir einen Kuss, bevor er sich umdrehte und in Richtung der Cavanaugh-Ranch ging.

Ich starrte ihm nach, bis ich ihn nicht mehr sehen konnte, wandte mich ab und machte und mich auf den Weg zu meinem eigenen Zuhause. Die in mir brodelnden und widerstreitenden Gefühle drängte ich mit aller Macht zurück.

Auf gar keinen Fall wollte ich das hier bereuen!

Ich würde diese einzigartige Nacht tief in mir bewahren und für mich behalten.

In wenigen Wochen verschwand ich ohnehin gemeinsam mit Lily nach New York, um dort zu studieren. Ich würde mich auf meine Zukunft konzentrieren, mich wieder auf Kurs bringen und das mit Evan würde für immer mein Geheimnis bleiben.

KAPITEL 4

ANNA

Mit einem herzhaften Gähnen drehte ich mich um und schlug auf die Snooze-Taste des Weckers auf meinem Nachttisch. Einen Moment lang verfluchte ich mich selbst, weil ich mich dieses Wochenende nicht von meinem Dienst im Altenheim hatte befreien lassen.

Ich mochte meine ehrenamtliche Tätigkeit normalerweise gerne und liebte es, mit den alten Leuten dort zu plaudern und mir von früher erzählen zu lassen. Heute aber hätte ich alles dafür gegeben, einfach in meinem Bett bleiben zu können.

Ruckartig setzte ich mich auf, als in mein Bewusstsein drang, was letzte Nacht nach der Party passiert war.

Evan Cavanaugh.

Ich hatte mit ihm geschlafen.

Oh.

Mein.

Gott.

Musste ich mir Sorgen um meinen Geisteszustand machen, weil mir dieser Umstand in den ersten Sekunden nach meinem Aufwachen überhaupt nicht in den Sinn gekommen war?!

Verdrängung.

Sicher lag es nur daran. Ich hatte eine gewisse Übung darin, Dinge, die mich um den Verstand brachten, im hintersten Winkel meines Gehirns in einer Schublade zu verstauen, um mich nicht damit auseinandersetzen zu müssen. Normalerweise befand sich … mein Leben darin.

Meine Nacht mit Evan gehörte definitiv auch in diese Kategorie.

Seufzend zog ich mir meine Bettdecke über den Kopf und schloss die Augen. Böser Fehler, *ganz* böser Fehler, denn beinahe sofort hatte ich das Gefühl, Evans Finger wieder auf meiner Haut zu spüren.

Seinen Mund auf meinem Geschlecht.

Seine Zunge auf meiner Klit.

Seinen Schwanz tief in mir.

Oh Gott!

Meine Wangen wurden verräterisch warm und zwischen meinen Beinen fing doch tatsächlich wieder dieses unerträgliche, mich verrückt machende Pochen an.

Das durfte nicht wahr sein!

Bis gestern hatte ich keinerlei Problem damit gehabt, meine Finger von meinem Körper zu lassen, aber jetzt wollte ich am liebsten meine Hand zwischen meine Schenkel schieben, um …

Stopp!

Meine Gefühle fuhren Achterbahn mit mir und ich hatte keine Ahnung, was ich von alldem halten sollte. Das in mir hochkochende Verlangen und die Sehnsucht nach Evan waren so stark wie nie zuvor. Leider waren meine Gedanken jetzt im Gegensatz zu meinen üblichen Fantasien um einiges eindeutiger.

Plastischer.

Praxisnaher.

»Oh Gott, was hast du nur getan?!«, flüsterte ich

und schüttelte heftig mit dem Kopf, weil mich die Bilder vor meinem inneren Auge wahnsinnig machten.

Evan kniend zwischen meinen Schenkeln, wie er mich sanft in die Haut meines Oberschenkels biss.

Keuchend schob ich die Bettdecke weg und setzte mich auf.

Ich brauchte eine Dusche.

Am besten eiskalt.

Entschlossen erhob ich mich aus dem Bett und stapfte hinüber in das an mein Schlafzimmer angrenzende Bad, das ich ganz für mich allein hatte. Hastig stieg ich aus meinem Shorty-Pyjama und streifte anschließend meinen Slip über meine Hüften nach unten.

Ich erstarrte, als ich die winzigen Blutflecken in ihm sah.

Erst jetzt wurde mir wirklich bewusst, dass sich letzte Nacht alles geändert und ich das Gelübde, das ich meinem Vater zuliebe abgegeben hatte, mit Füßen getreten hatte.

Ich war keine Jungfrau mehr.

Der Ring an meinem Finger war nun tatsächlich nichts mehr als schöner Schein. Doch weder der Gedanke daran, dass ich Sex gehabt hatte, noch der an meinen Keuschheitsring warfen mich so aus der Bahn.

Was mich wirklich beunruhigte, war der Umstand, dass meine Sehnsucht und mein Verlangen nach Evan noch stärker geworden waren. Ich wollte nichts mehr, als zur benachbarten Cavanaugh-Ranch gehen und mich in Evans Arme werfen.

Aber wo sollte das hinführen?

Meine Familie wäre niemals einverstanden mit ihm.

Zu alt.

Zu unsteter Lebenswandel.

Und dass er mich entjungfert hatte, noch bevor er mir einen Ring an den Finger gesteckt hatte, war sowieso das *absolute* No-Go. Niemals würde mein Vater einen Mann wie Evan an meiner Seite dulden.

Aber was zum Teufel dachte ich hier eigentlich?!

Ich machte mir völlig unnötige Gedanken, denn eines war sicher: Evan wollte garantiert keine wie auch immer geartete Beziehung mit mir führen. Er war auf Sex ausgewesen und den hatte er bekommen.

Evan war beileibe nicht so skandalträchtig wie sein Rennstallkollege Cage Maddox, aber auch er war kein Kind von Traurigkeit in den Medien. Wechselnde Bekanntschaften, permanente On-/Off-Beziehungen, nie hielt etwas länger als ein paar Wochen, ehe er wieder loszog, um die nächste Trophäe in sein Bett zu holen.

Gestern war ich seine neueste Errungenschaft geworden. Eine waschechte Jungfrau. Wahrscheinlich hatte Evan das in seiner Erfolgsliste noch gefehlt.

Mein Herz zog sich zusammen, weil ich im Grunde genommen wusste, dass ich mich gerade ziemlich unfair verhielt. Ich mochte ja jung und unerfahren sein, aber Evan hatte mir weder etwas vorgespielt noch mir irgendwelche Versprechungen gemacht. Er hatte mich zu nichts gezwungen und ich hatte gewusst, worauf ich mich einließ.

Verdammt, ich hatte so sehr gewollt, was er mit mir gemacht hatte, dass ich ihn angefleht hatte, nicht aufzuhören.

Ich hatte *ihn* so sehr gewollt, dass ich das Gefühl gehabt hatte, vor Verlangen verrückt zu werden.

Mit einem Kopfschütteln stieg ich in die Duschkabine und stellte das Wasser an. Ich keuchte und biss mir auf die Zunge, als der eiskalte Wasserstrahl auf meine Haut traf, aber genau das brauchte ich jetzt, um meinen Kopf wieder klar zu bekommen und Evan daraus zu vertreiben.

Was ich mit ihm erlebt hatte, würde ich niemals vergessen.

Doch wie ich es auch drehte und wendete: Das hatte keine Zukunft. Es war besser, ich würde schnell wieder zu der vernünftigen Anna werden, die ich bislang immer gewesen war. Gestern Nacht hatte ich einen kurzen Aussetzer, aber das war jetzt vorüber.

Ich wollte gerade zur Haustür heraus, als die sonore Stimme meines Dads mich innehalten ließ.

»Anna, warte kurz«, stoppte er mich und ich wandte mich langsam um.

»Ja?«, fragte ich und versuchte, das ungute Gefühl, das sich bei seinem strengen und prüfenden Gesichtsausdruck in mir breitmachte, zu ignorieren.

»Ich möchte heute Abend etwas mit dir besprechen und dich daher bitten, pünktlich zu Hause zu sein und vor allem vorzeigbar auszusehen. Tadellos.« Missbilligend ließ er seinen Blick einmal an mir hinab gleiten. Offenbar gefielen ihm mein bequemer Pullover und die abgewetzte Jeans nicht.

Die böse Vorahnung in mir wurde noch stärker und in meiner Kehle bildete sich ein Kloß. Vermutlich war ich einfach dünnhäutiger wegen der vergangenen Nacht, anders konnte ich mir nicht erklären, warum ich nicht nur brav nickte, sondern meinen Mund öffnete und losplapperte.

»Was … was möchtest du denn mit mir besprechen?«, hakte ich mit unsicherer Stimme nach.

»Das erfährst du noch früh genug. Mach, was ich dir sage und sei pünktlich.«

Ergeben nickte ich. »Okay. Bis später dann, Dad«, verabschiedete ich mich von ihm und versuchte, den immer größer werdenden Druck auf meiner Brust beiseitezuschieben.

Ich schlüpfte durch die Haustür, hastete die Stufen hinunter und zwang mich, nicht in einen Laufschritt zu verfallen, bis ich außer Sichtweite meines Vaters war.

Vielleicht war das, was er mit mir erörtern wollte, ja absolut harmlos und ich malte mir jetzt völlig unnötig irgendwelche Horrorszenarien aus.

Doch wenn ich ganz ehrlich zu mir selbst war, war der Ausdruck, mit dem er mich gemustert hatte, viel zu ernst gewesen, als dass es wirklich nur um eine Kleinigkeit gehen konnte.

Wollte er mir vielleicht doch noch New York verbieten? Sollte ich eine andere Uni nehmen? Meinen Studienbeginn verschieben? Meine Eltern hatten mir nicht im Weg gestanden, aber begeistert waren sie von meinen Universitätswünschen auch nicht gewesen.

Aufseufzend schüttelte ich mit dem Kopf. Nein, so etwas würden sie nicht tun, das wäre viel zu peinlich, weil alle in der Gemeinde von meinem beginnenden Studium wussten. Würden meine Eltern zurückrudern, würde das Getuschel über die Hintergründe beginnen und genau das wollte mein Dad nicht.

Also würde ich in wenigen Wochen fort sein.

New York.

Der Gedanke zauberte ein kleines Lächeln auf mein Gesicht. Ich würde dort das erste Mal in meinem Leben frei sein. Vielleicht würde es die Zeit werden, in der ich zu mir fand. Wenigstens ein kleines bisschen.

KAPITEL 5

EVAN

Müde rieb ich mir mit der Hand über das Gesicht und warf noch einen Blick auf meinen Wecker, als ob die verfickte Zeit dadurch schneller vergehen würde. Das Drecksteil klingelte erst in eineinhalb Stunden, aber ich konnte nicht mehr schlafen.

Was hatte ich mir nur dabei gedacht, Anna Gilmore zu vögeln?!

Zum einen war sie höllisch jung, dazu mit strenggläubigen Eltern gesegnet, und zum anderen tatsächlich noch *Jungfrau* gewesen.

Shit, verdammt, ich konnte mir nicht helfen, doch bei dem Gedanken daran stahl sich ein dreckiges Grinsen auf mein Gesicht.

Das Wissen, dass ich auf ewig ihr Erster sein würde, hatte mich so verflucht aufgegeilt, dass ich nicht über eventuelle Konsequenzen nachgedacht hatte.

Genaugenommen hatte ich überhaupt nicht gedacht.

Von dem Augenblick an, als ich sie entdeckt hatte, hatte ich meinen Blick nicht mehr von ihr abwenden können.

Anna war unbemerkt von mir zu einer jungen und äußerst verführerischen Frau geworden und Scheiße, von der Sekunde an hatte ich sie haben wollen und den Drecksack in mir übernehmen lassen.

Einem erfahrenen Kerl wie mir hatte Anna nichts entgegenzusetzen, und diesen Umstand hatte ich zu meinem Vorteil genutzt. Das konnte ich nicht leugnen.

Fuck.

Der bloße Gedanke daran, wie verflucht eng sie gewesen war, ließ meinen verschissenen Schwanz erneut hart werden. Die Erinnerung an die kleinen heiseren Laute, die sie ausgestoßen hat, als ich sie gefickt habe, machte meinen Zustand auch nicht unbedingt besser.

Ich fühlte mich Scheiße. Nicht, weil ich mit ihr geschlafen hatte, denn das würde ich jederzeit wieder tun.

Aber dass ich danach nicht mit ihr geredet hatte, nagte an mir. Irgendwie hatte ich es hinterher für das Beste gehalten, einfach gar nichts zu sagen. Doch im kalten Licht des nächsten Tages fühlte sich das ziemlich mies an.

Anna war schließlich nicht irgendeine willige Schlampe, die ich in einer Bar oder einem Club aufgerissen hatte.

Ich kannte sie von klein auf.

Scheiße.

Ohne dass ich es wollte, schob sich ihr Anblick erneut vor mein inneres Auge. Wie sie mich mit vor Schreck und Lust geweiteten Augen angeschaut hatte, als ich vor ihr auf die Knie gegangen war.

Ihr Gesichtsausdruck, als ihr klar geworden war, was ich mit ihr vorhatte.

Ihr heiseres Keuchen, als ich meine Zunge das erste Mal auf ihrer Klit kreisen ließ.

Wie sie später ihre Beine um meine Hüften geschlungen hatte.

Oh Mann.

Ich war echt im Arsch.

Sowas von.

Seufzend setzte ich mich auf und entschloss mich, eine Runde laufen zu gehen. Das hatte mir bislang immer geholfen, den Kopf freizubekommen.

Danach musste ich zum Training, aber hinterher … würde ich Anna aufsuchen, um das mit ihr zu klären. Ich war weder feige noch ein Sackgesicht und wollte nicht, dass das zwischen uns stand.

Mein Schwanz, der miese Verräter, zuckte doch tatsächlich voller Vorfreude bei dem Gedanken daran, dass ich sie heute wiedersehen würde.

Was war das denn jetzt?!

Mit einem entnervten Laut erhob ich mich.

Laufen.

Sofort.

Danach eine eiskalte Dusche und dann ab zur Trainingsstrecke.

»Evan, was zur Hölle treibst du da?!«, blaffte mich unser Co-Trainer Nathan über das Headset an.

Leider hatte meine ausgedehnte Laufrunde nicht den gewünschten Effekt erzielt. Ich war nach wie vor unkonzentriert und hatte Cage so scharf geschnitten, dass wir um ein Haar kollidiert wären. Nur der Geistesgegenwart meines Kumpels hatte ich es vermutlich zu verdanken, dass man mich jetzt nicht von der Bande kratzen musste. So langsam fragte ich mich, ob es nicht besser gewesen wäre, wenn ich mit meinem Arsch einfach zu Hause geblieben wäre.

»Ja, blöder Wichser, was zum Teufel sollte das

werden?!«, maulte mich nun auch Cage in einem äußerst angefressenen Tonfall an. »Am besten machst du Penner für heute Schluss und überlässt das Feld den *Profis*.«

Cage war manchmal so ein arroganter Pisser.

Als ob er noch nie irgendwelche Fehler gemacht und ich ihm nicht schon genauso oft den Arsch gerettet hatte.

»Fick dich«, motzte ich zurück und hörte Cage dreckig lachen.

»Hättest dich letzte Nacht eben nicht an die prüde Kirchenmaus halten und mit ihr deine Zeit verschwenden sollen. Bei Owen waren genügend willige Weiber, die du hättest klarmachen können, aber du wolltest ja nicht mitkommen«, ätzte Cage.

»Manche von uns haben eben zumindest ein bisschen Anspruch«, konterte ich und versuchte, nicht schon wieder an Anna und ihren zierlichen, verführerischen Körper zu denken. Fuck!

»Anspruch?! Seit wann das denn? Du fickst doch sonst auch nahezu jede kleine Schlampe, die deinen Weg kreuzt«, schoss Cage den Ball in mein Spielfeld zurück.

»Könnt ihr Arschgeigen euch vielleicht mal auf das *Training* konzentrieren? Mich interessieren eure Fickgeschichten gerade herzlich wenig«, drang Nathans genervte Stimme an mein Ohr.

»Neidisch?!«, ätzte Cage zurück und Nathan stöhnte.

Ich verdrehte die Augen, trat das Gaspedal durch und überholte Cage in einem ziemlich riskanten Manöver von oben. Mit einem triumphierenden Lachen sah ich ihn im Rückspiegel kleiner werden. Cage war ein fantastischer Rennfahrer und trug seinen Beinamen *Teufelshauch* nicht zu Unrecht, aber ich kannte seine Schwächen und sein Ego brauchte ab und an einen Dämpfer.

Jetzt war so ein Moment.

Ich ließ normalerweise tatsächlich fast nichts anbrennen und hatte meinen Spaß, aber das mit Anna … fiel aus irgendeinem Grund in eine andere Kategorie. Deshalb widerstrebte es mir auch, Cage davon zu erzählen.

Der Arsch wäre dann ohnehin nur damit beschäftigt, wie geil es doch sei, dass ich Lilys beste Freundin entjungfert hatte und würde mich mit Fragen bombardieren. Einen vernünftigen Rat brauchte ich von ihm nicht zu erwarten. Irgendetwas war in seinem Kopf nicht ganz richtig und das bezog sich auf alles, was normale Menschen als moralisch richtiges Verhalten bezeichnen würden.

Ich mochte meinen besten Freund.

Wirklich.

Aber Anna … das musste ich allein für mich klarbekommen und wieder hinbiegen.

KAPITEL 6

ANNA

Lächelnd klappte ich das Fotoalbum zu und schaute zu Ruby, deren Gesicht einen melancholischen Ausdruck angenommen hatte. Jeden Samstag war das unser Ritual. Sie zeigte mir die Fotos ihrer Lieben und erzählte mir dabei von ihrem bewegten Leben.

»Anna, können wir ein bisschen nach draußen gehen?«, fragte mich die alte Dame und ich nickte.

»Natürlich«, antwortete ich, stand auf und hielt ihr meinen Arm hin, damit sie sich unterhaken konnte. Langsam führte ich sie zu der bereits offenstehenden Terrassentür. Ruby hatte eines der begehrten Zimmer im Erdgeschoss des Altenheimes, von deren Terrassen man direkt in den großzügig angelegten Garten kam.

»Meinem Jasper hätte es hier gefallen«, murmelte sie und seufzte leise.

Es zerriss mir das Herz, sie so traurig zu sehen. Ihr Mann war erst vor wenigen Monaten gestorben und Ruby verkraftete seinen Verlust nur schwer. Dass ihre Familie sie kurz danach aus rein egoistischen Gründen in ein Altersheim abgeschoben hatte, hatte ihr einen weiteren herben Schlag verpasst.

»Das hätte es bestimmt«, versicherte ich ihr.

Ihre Kinder sowie ihre Enkel besuchten sie nur selten, oft war ich die Einzige, die sie neben dem Pflegepersonal und den Mitbewohnern zu Gesicht bekam. Bei dem Gedanken daran, dass ich in wenigen Wochen selbst fort war und mich nicht mehr um sie und die anderen kümmern konnte, bekam ich ein schlechtes Gewissen.

Ich führte sie den schmalen Pfad, der von ihrer Terrasse abging, hinunter, direkt zu dem kleinen künstlich angelegten See, an dem sie so gerne saß. Wir hatten gerade auf einer der Bänke Platz genommen, als hinter uns eine mir nur zu bekannte Stimme ertönte.

»Anna?«

Evan?!

Was machte der denn hier?!

Augenblicklich erhöhte sich mein Pulsschlag, und auch meine Atmung beschleunigte sich, weil mich die Erinnerungen an die letzte Nacht, die ich seit meiner Ankunft hier im Altenheim erfolgreich verdrängt hatte, wieder überrollten.

Ruby neben mir drehte sich kurz zu ihm um und schnalzte dann anerkennend mit ihrer Zunge. »Ist der fesche junge Mann dein Freund? Den hast du mir wohl aus gutem Grund verschwiegen, hm?«

Oh Gott.

Ich wollte im Erdboden versinken. Auf der Stelle.

Evan hinter mir lachte leise und ein prickelnder Schauer rann meine Wirbelsäule hinunter. Dass ich so auf ihn reagierte, war nicht gut. Gar nicht gut. Vor allem, weil ich mittlerweile wusste, dass Evan so etwas durchaus bemerkte.

Er umrundete die Bank halb und lächelte charmant auf uns hinab. »Darcy am Empfang hat mir gesagt, dass ich dich wahrscheinlich hier finde.«

Himmel noch eins, warum musste er nur so

verflucht gut aussehen und eine solche Anziehungskraft auf mich ausüben?!

Es wäre alles so viel einfacher, wenn ich mich nicht so zu ihm hingezogen fühlen würde.

»Evan Cavanaugh«, stellte er sich Ruby vor, ergriff ihre Hand und zwinkerte ihr zu.

»Ein Charmeur ist er auch, den musst du festhalten, Anna«, frotzelte Ruby und stieß mir ihren knochigen Ellenbogen in die Seite.

Ich spürte, wie mir die Hitze in die Wangen schoss. Evan Cavanaugh mochte ja vieles sein, aber festes-Freund-Material war er ganz sicher nicht. Nicht mit all den wechselnden Frauen und den stets fehlenden ernsten Beziehungen. Ich mochte ja bis gestern Jungfrau gewesen sein, aber was die Anzahl unserer *ernstzunehmenden* Beziehungen anging, dürften Evan und ich trotz des Altersunterschieds und unseres völlig konträren Lebenswandels Gleichstand haben: Null.

Männer wie Evan gingen keine längeren Bindungen ein, die wollten sich die Hörner abstoßen. Und das tat er. Nur zu gut erinnerte ich mich an die abfälligen Worte meiner Mutter, nachdem Evan vor ein paar Jahren angefangen hatte, mit wechselnden Affären mit verschiedenen Models und Schauspielerinnen Schlagzeilen zu machen. Das war bis heute nicht anders, nur die medienträchtigen Skandale blieben im Vergleich zu Cage aus.

»Können wir reden?«, wandte er sich an mich und der eindringliche Blick aus seinen blauen Augen ging mir durch und durch.

»Ich … ich … kann jetzt nicht«, gab ich zurück

und deutete mit einer Kopfbewegung auf die alte Dame neben mir.

Ruby schnaubte entrüstet. »Anna Gilmore! Ich bin ja vielleicht nicht mehr so gut zu Fuß, aber ansonsten durchaus in der Lage, allein auf einer Bank klarzukommen. Geh ruhig und rede mit deinem Freund, Schätzchen.«

Evan grinste nur amüsiert und streckte dann seine Hand nach mir aus. Mir gingen die Ausreden aus, und so erhob ich mich, ignorierte allerdings seine Finger. Körperkontakt wollte ich auf jeden Fall vermeiden, auch wenn er auf den ersten Blick noch so harmlos sein mochte. Seit gestern gab es so etwas wie harmlosen Körperkontakt nicht mehr von meiner Seite aus.

Nachdem wir ein paar Schritte gegangen waren, warf ich ihm einen verstohlenen Seitenblick zu. Sein Gesichtsausdruck war grüblerisch, und als er zu mir sah, blickte ich schnell wieder weg.

»Die letzte Nacht«, fing er an und ich atmete scharf ein.

»Darüber müssen wir nicht sprechen«, schoss es aus mir heraus und Evan neben mir stieß einen überraschten Laut aus.

»Da bin ich anderer Meinung, Anna.« Seine Stimme klang ruhig und gelassen und ich wünschte mir, dass ein Hauch davon auch auf mich abfärben würde.

Ich stand dermaßen unter Hochspannung, und die Bilder in meinem Kopf machten mich verrückt.

Evan, wie er in meine Kniekehlen griff und mich dichter an die Tischkante zog.

Das unbeschreibliche Gefühl, das er in mir

ausgelöst hatte, als er in mich eingedrungen war.

Dieser …

Halt!

Stopp!

Ich musste damit aufhören, sofort!

»Geht es dir gut?«

Was?!

Ich merkte erst nach ein paar Schritten, dass Evan stehengeblieben war. Langsam drehte ich mich um und verteufelte mein Herz, das noch schneller klopfte, weil er mich so besorgt anblickte.

»Natürlich geht es mir gut«, beeilte ich mich, zu antworten.

»Sicher? Du bist ziemlich blass um die Nase und siehst aus, als würdest du jeden Moment aus den Latschen kippen«, erwiderte Evan mit einem zweifelnden Unterton, schloss dann zu mir auf und packte mich am Ellenbogen.

»Anna, ich … das gestern … ich hatte das nicht geplant.« Er raufte sich die Haare und kniff kurz die Augenlider zusammen. »Doch als ich dich nackt auf diesem Steg gesehen habe … ich wollte dich so unbedingt, dass …«

Himmel, musste er das so unverblümt aussprechen?!

Meine Gedanken liefen Amok, und ein Teil von mir wollte sich ihm an den Hals werfen und ihm sagen, dass ich mir das seit einer halben Ewigkeit ausgemalt und die Realität meine kühnsten Erwartungen übertroffen hatte.

»Ich hätte dich danach nicht so ohne ein Wort gehen lassen sollen. Wir hätten über das, was da zwischen uns passiert ist, reden müssen. Verdammt, du bist Lilys beste Freundin und ich kenne dich von klein auf, ich hätte meinen verfluchten Schwanz in der Hose behalten sollen.«

Gott sei Dank hatte ich meine Klappe gehalten! Er bereute, was zwischen uns geschehen war. Zu meinem Entsetzen merkte ich, dass mir Tränen in die Augen stiegen und meine Kehle eng wurde, dabei hätte ich es doch wissen müssen.

Was hatte ich einem Mann wie Evan Cavanaugh schon zu bieten?!

Ganz zu schweigen von dem Umstand, dass meine Familie mit ihm absolut nicht einverstanden sein würde. In den Augen meiner Eltern war Evan ein Taugenichts, ein Weiberheld und ohnehin viel zu alt für mich.

Jetzt auch noch zu hören, dass mein heimlicher Schwarm bereute, woran ich heute pausenlos denken musste, tat so unglaublich weh. Aber was er konnte, das konnte ich genauso!

»Du hast deine Hose aber nicht anbehalten. Im Gegenteil. Du hast meine Unerfahrenheit schamlos zu deinem Vorteil ausgenutzt und dich über meine Gegenwehr hinweggesetzt«, platzte es aus mir heraus und Evans Augen weiteten sich entsetzt. »Du hast mich verführt, bloß weil du … weil du … scharf auf meine Jungfräulichkeit warst«, warf ich ihm vor.

Zur Hölle, was redete ich denn da?!

Zum einen stilisierte ich mich gerade zu einem Opfer, dabei hatte ich überaus bereitwillig mitgemacht und Evan sogar angefleht, weiterzumachen.

Zum anderen bereute ich nicht eine Sekunde,

dass ich meine Jungfräulichkeit an Evan verschenkt hatte und würde es jederzeit wieder tun.

Aber meine Scham über seine Zurückweisung und die Wut über seine Reue, die ich nicht teilte, trieben seltsame Blüten. Lily warf mir oft vor, dass ich zu schnell in den Gegenangriff überging, wenn ich selbst verletzt war. Wie es schien, hatte sie Recht.

»Du hast mich angefleht, nicht aufzuhören, Anna«, kam es auch prompt von Evan. »Ich habe dir einen letzten Ausweg geboten, aber du hast mir auf *mehr* als eine Weise deutlich zu verstehen gegeben, dass ich weitermachen sollte.«

Schamesröte schoss mir in die Wangen bei der Erinnerung daran, wie heftig mein Körper auf ihn reagiert hatte. Ich wandte mich schnell ab, doch Evan hielt mich fest und zog mich mit einer forschen Bewegung wieder zu sich herum.

»Mach daraus jetzt im Nachhinein nicht etwas, das es nie gewesen ist. Das ist nicht fair, weder mir noch dir gegenüber«, erklärte er mir mit einem bittenden Ausdruck in den Augen.

Die Schmetterlinge in meinem Bauch schlugen wie verrückt mit ihren Flügeln, als er seine Finger an meine Wange legte und sanft mit dem Daumen über mein Gesicht strich.

»Wenn ich ehrlich sein soll, bereue ich nicht eine Sekunde«, wisperte er und ich erstarrte.

Die Tränen, die ich bisher so erfolgreich zurückgedrängt hatte, stiegen mir von neuem in die Augen. Ich ertrug das nicht. Dieser Mann ging mir nicht nur unter die Haut, er ging mir direkt ins Herz. Das durfte nicht sein.

»Aber *ich* bereue es«, flüsterte ich daher und hatte gleichzeitig das Gefühl, dass mir das Herz brach. »Ich wünschte, du hättest deine Finger von mir gelassen, Evan Cavanaugh. Ich wünschte, ich hätte mein Gelübde nie gebrochen.«

Er zischte und nahm seine Hand so schnell von meinem Gesicht, als hätte er sich verbrannt.

Doch es musste sein. Das hier führte zu nichts und ich verstrickte mich in Rekordzeit in eine aussichtslose Sache. Evan war nicht der Märchenprinz, der mich aus meinem elterlichen Gefängnis befreien würde. Auf uns wartete kein romantisch-verkitschter Ritt in den Sonnenuntergang. Wir kamen aus verschiedenen Welten, und so würde es immer sein. Evan kehrte in wenigen Wochen in seine zurück, und ich würde ans College verschwinden und weiter den Weg gehen, den meine Familie für mich vorgesehen hatte.

Ich würde die kleine, prüde Kirchenmaus bleiben und Evan würde weiterhin der verwegene Rennfahrer sein, den Mädchen wie ich heimlich aus der Ferne anschmachteten, ehe sie sich mit einem falschen Lächeln wieder den tugendhaften Aufgaben widmeten.

»Wenn du das wirklich so empfindest«, fing er an und hielt einen Moment inne, doch ich sagte nichts, um es zu entkräften. »Dann ist es wohl am besten, wir verlieren nie wieder ein Wort über die letzte Nacht.«

Mein Herz zersplitterte in unzählige Scherben, doch ich nickte nur, reckte anschließend mein Kinn nach vorn und zwang mich dazu, ihm fest in die

Augen zu sehen.

»Nie wieder«, bekräftigte ich seine Worte.

Evan blieb noch einen Moment unschlüssig vor mir stehen, schüttelte schließlich den Kopf, drehte sich um und setzte sich in Bewegung. Ich sah ihm hinterher, bis er im Inneren des Altenheims verschwunden war und machte mich dann auf den Weg zurück zu Ruby.

Innerlich fühlte ich mich wie tot und fragte mich, ob die Entscheidung, die ich gerade gefällt hatte, wirklich die Richtige gewesen war.

Doch welche Alternative gab es?

Plötzlich rebellieren und austesten, ob Evans Art zu leben mir mehr zusagte als meine?

Mit meiner Familie brechen und darauf hoffen, dass ich für Lilys Bruder mehr als nur eine kurze Sexgeschichte sein konnte?

Allein der Gedanke war absurd. Die Kirchenmaus und der Rennfahrer würde auf ewig nur mein Mädchentraum bleiben, der soeben wie eine Seifenblase zerplatzt war.

Nachdenklich betrachtete ich mich im Spiegel. Wie von meinem Vater gewünscht war ich pünktlich zu Hause gewesen und gerade dabei, mich umzuziehen. Wie Evan und ich aufgrund meiner Worte auseinandergegangen waren, nagte beständig an mir, aber ich war geübt, davon nichts nach außen dringen zu lassen. Mein Lächeln saß.

Je länger ich darüber nachdachte, desto klarer wurde mir, wie scheiße und unfair ich mich verhalten hatte. Dass Evan mich aufgesucht hatte, um mit mir über die vergangene Nacht zu reden, war für einen Bad Boy wie ihn total süß gewesen. Dass er zugegeben hatte, dass er nicht eine Sekunde bereut hatte, brachte mein Herz selbst jetzt noch zum Flattern.

Doch genau das war das Problem gewesen. Seit gestern begann ich, mehr als heimlich für ihn zu schwärmen. Und wenn mir etwas über den Kopf wuchs, schlug ich um mich.

Schamesröte stieg mir in die Wangen bei dem Gedanken daran, wie fies ich auf seine Ehrlichkeit reagiert hatte. Ich hatte mich unmöglich benommen und wusste, dass ich das richtigstellen musste. Evan in dem Glauben zu lassen, dass ich mir wünschte, dass das alles nie passiert wäre, fühlte sich so falsch an.

Im Grunde konnte ich froh über dieses erste Mal sein. Ich war ja vielleicht naiv, aber nicht taub und hörte, was in den Frauengruppen der Gemeinde geredet wurde. Von Schmerzen, von enttäuschten Erwartungen und Tränen, die in der Hochzeitsnacht ins Kopfkissen tropften, hatte ich mehr als einmal gehört.

Und ich?

Ich hatte zwei Höhepunkte gehabt.

Mein Gesicht hellte sich auf, als mir eine Idee kam. Wenn ich erst in New York war, konnte ich Evan kontaktieren und mich mit ihm treffen, um ihm zu erklären, warum ich mich so daneben benommen hatte. Dann war auch Gras über die Sache gewachsen. Und mehr noch: Dort war ich allein und vielleicht konnten Evan und ich uns ein wenig besser kennenlernen. Ich könnte auf sein Angebot, gemeinsam die Stadt unsicher zu machen, zurückkommen und irgendwie dafür sorgen, dass Lily nicht mit dabei war.

Ein kräftiges Klopfen an meiner Zimmertür riss mich aus meinen Tagträumen und brachte mein Herz zum Rasen. So klopfte nur mein Dad, und augenblicklich ergriff die Panik, was er von mir wollen könnte, wieder Besitz von mir.

»Herein«, rief ich mit zittriger Stimme und mein Vater trat ein.

»Anna, setz dich doch«, bat er mich und deutete auf das kleine Zweisitzersofa unter meinem Fenster. Er selbst holte sich den Stuhl von meinem Schreibtisch heran und nahm mir gegenüber Platz.

Zum ersten Mal fragte ich mich, ob er das bewusst tat. Auf dem Stuhl war er größer als ich auf dem niedrigen Sofa und automatisch fühlte ich mich eingeschüchtert und winzig vor unserem Familienoberhaupt.

»Du bist jetzt alt genug, um dir über die nächsten Schritte in deinem Leben Gedanken zu machen«, begann er und das Fragezeichen über meinem Kopf wurde nur noch größer. Wieder keimte eine böse Vorahnung in mir auf, doch das konnte … durfte nicht sein. »Einer von ihnen ist die Wahl deines künftigen Ehemannes.«

Ich starrte meinen Vater wie einen Außerirdischen an und fragte mich, ob er sich einen Scherz mit mir erlaubte. Er war strenggläubig und hatte mich ebenfalls so erzogen, aber das hier traf mich vollkommen unvorbereitet. Dass ich womöglich in ein kirchliches Wohnheim statt mit Lily in ein Studentenwohnheim ziehen sollte … so etwas hätte ich jetzt erwartet.

»Meines künftigen Ehemannes?«, krächzte ich und hoffte, dass er gleich zu lachen anfing und mir wie früher als kleines Kind die Haare verwuschelte, während er sich über meine Leichtgläubigkeit amüsierte.

»Ja. Dein Biologie-Studium ist ja eine ganz nette Idee, doch parallel solltest du dich ernsthaft um diesen Bereich deines Lebens kümmern. Ich hatte gehofft, dass du unter den anständigen Jungs aus deiner Highschool jemanden finden würdest, aber da das leider nicht eingetreten ist, habe ich mich gekümmert.«

Er hatte sich *gekümmert*?

War hier irgendwo eine Kamera versteckt, die das hier aufzeichnete, um es später als gelungenen Scherz in einer Fernsehshow zu zeigen? Wo war ich gelandet? In den Fünfzigern?

»Paul Godfreys Sohn Andrew wird wie du in New York studieren und ich halte ihn für eine *ausgezeichnete* Partie«, fuhr mein Vater fort und kam richtig ins Schwärmen, während mir einfach nur kotzübel wurde. »Seine Eltern und er kommen in einer halben Stunde zum Abendessen, dann könnt ihr euch beschnuppern.«

Das hier passierte nicht wirklich.

Gleich würde ich aufwachen und feststellen, dass ich nur geträumt hatte.

Ich kniff mich unauffällig in den Arm und unterdrückte den kleinen Schmerzlaut, der sich den Weg aus den Tiefen meiner Kehle bahnen wollte. Doch ich wachte nicht auf.

»Andrew wird acht auf dich geben, wenn ich es nicht mehr kann. Er ist ein netter Junge, sehr angesehen in unserer Gemeinde und er wird dich anständig behandeln. Paul hat mir erzählt, dass Andrew schon lange ein Auge auf dich geworfen hat«, redete mein Dad weiter und schien gar nicht zu bemerken, dass ich ihn fassungslos anblickte. »Nach einer angemessenen Kennenlernzeit werdet ihr eure Verlobung bekanntgeben. Normalerweise hätte ich drei bis sechs Monate veranschlagt, aber damit dein Ruf tadellos bleibt, sollte das noch vor New York geschehen. Hinterher beginnt noch das Gerede über deine Sittsamkeit, wenn du ungebunden dort allein lebst. Nach Beendigung deines Studiums werdet ihr …«

Ich blendete meinen Vater aus. Seine Lippen bewegten sich und ich nickte mechanisch an den Stellen, an denen er es von mir zu erwarten schien, doch ich hörte kein einziges Wort.

Zum zweiten Mal an diesem Tag hatte ich das Gefühl, innerlich zu sterben.

Es würde kein klärendes Gespräch mit Evan in New York geben.

Alles, was ich mir vor wenigen Minuten erträumt hatte, würde niemals geschehen.

Meine vermeintliche Freiheit würde ich nie kennenlernen.

Ich würde weiter ein Leben nach den Vorstellungen meines Dads führen, mit einem Mann namens Andrew Godfrey an meiner Seite, der ein wachsames Auge auf mich haben würde.

Kein Evan.

Mein Herz brach bei der Vorstellung, ihn in dem Glauben zu lassen, dass ich zutiefst bereute, was wir getan hatten.

Doch ich sah keinen Ausweg.

Hörte ich auf den kleinen, wagemutigen Teil in mir, der mich anbrüllte, diesen Albtraum umgehend zu beenden, indem ich einfach aufstand und ging, wie würde es dann weitergehen?

Ich wäre von heute auf morgen völlig auf mich allein gestellt. Mit neunzehn Jahren? Wer war ich schon? Ich kannte mich selbst kaum und plötzlich sollte ich ohne Rückhalt in einer Welt umhertaumeln, die mir weitestgehend fremd war? Dafür fehlte mir der Mut.

So sehr ich mich dafür hasste, aber ich hatte keine Wahl, also ergab ich mich in mein Schicksal.

KAPITEL 7

ANNA
ETWA EIN JAHR SPÄTER

Zögerlich stand ich in der Auffahrt zu meinem Elternhaus, unfähig, auch nur einen weiteren Schritt in seine Richtung zu machen. Ein Jahr war vergangen und mein Leben hatte sich im Grunde genommen kaum verändert. Ich wurde immer noch von meinem Vater kontrolliert, ich war nach wie vor höllisch in Evan verliebt und musste meinen Eltern nun sagen, dass meine Verlobung mit Andrew Geschichte war.

Die bloße Erinnerung an meine hässliche Auseinandersetzung mit meinem Ex-Verlobten sorgte dafür, dass eine neue Welle von Ärger in mir hochkochte. Mit welcher Scheinheiligkeit Andrew unsere Verbindung gelöst hatte, weil ich nicht mehr *unberührt* war, widerte mich richtiggehend an.

Ich naives Schaf hatte gedacht, dass uns diese Gemeinsamkeit einander endlich etwas näherbringen würde. Also hatte ich ihn nach seinem eigenen Geständnis darüber informiert, dass auch ich bereits Sex gehabt hatte. Aber entgegen meiner Erwartung war er vollkommen ausgeflippt und hatte sich von mir getrennt, weil für ihn als Ehefrau nur eine Jungfrau infrage kam.

Wie so oft wurde mit zweierlei Maß gemessen. Ein Kerl durfte Sex haben, ich aber nicht, weil ich dann ein *lasterhaftes Flittchen* war, wie Andrew es so schön gesagt hatte.

Unschlüssig zupfte ich mein Handy aus meiner

Handtasche und suchte in meinen Kontakten nach Lilys Nummer. Im vergangenen Jahr waren wir uns zunehmend fremd geworden, was daran lag, dass ich meine beste Freundin quasi *weggebissen* hatte. Lily hatte mir ständig damit in den Ohren gelegen, was sie von meiner Verlobung mit Andrew hielt, und es hatte einfach zu weh getan, andauernd an das erinnert zu werden, was ich eigentlich wollte.

Wen ich eigentlich wollte.

Evan.

Tief in mir hatte ich von Anfang an geahnt, dass das mit Andrew zum Scheitern verurteilt war, aber ich hatte gehofft, dass ich mich an den Gedanken, seine Frau zu werden, mit der Zeit schon gewöhnen würde. Immer wieder hatte ich mir selbst gepredigt, dass das mit Evan ein Tagtraum war, der nie Wirklichkeit werden würde. Himmel noch eins, ich hatte diese Wunschvorstellung von Evan und mir als Paar dennoch gebraucht, um meine Realität irgendwie zu überstehen.

Evan verschwendete vermutlich nicht mal mehr einen Gedanken an mich, seitdem ich ihn damals im Altersheim so abgekanzelt und mich danach nie wieder gemeldet hatte. Verübeln konnte ich ihm das nicht. Selbst ein Jahr später trieb mir die Erinnerung daran, wie ich mich aufgeführt und was ich zu ihm gesagt hatte, die Schamesröte in die Wangen.

Unentschlossen starrte ich auf das Telefon, mein Daumen schwebte über Lilys Namen, und doch rief ich nicht an. Lily war jetzt mit Cage zusammen, meinem und auch eigentlich ihrem persönlichen Feind Nr. 1. Das hatte uns noch mehr auseinandergetrieben, als vorher schon. Was Lily plötzlich an diesem ungehobelten Kotzbrocken fand, konnte ich nicht einmal ansatzweise nachvollziehen.

Vielleicht ärgerte es mich auch so sehr, weil Lily mir wieder und wieder vor Augen führte, was ich niemals würde haben können: Die Freiheit, selbst über mein Leben zu entscheiden. Fehler machen zu dürfen und dennoch immer einen Anker in Form liebender Eltern zu haben, die einen trösteten, obwohl man sehenden Auges in eine Katastrophe gelatscht war.

Schon bald würde sich zeigen, ob auch meine Eltern nach einem Fehler hinter mir stehen würden, wie es die Cavanaughs bei ihren Kindern taten. Selbst Cage, obwohl er nicht einmal blutsverwandt war, wurde wieder und wieder in ihrer Mitte willkommen geheißen, weil sie in ihm eine Art zweiten Sohn sahen. Nicht einmal seine Skandale hatten die Liebe von Lilys Eltern zu diesem Widerling schmälern können.

»Anna, Liebes, wieso kommst du denn nicht rein?«, riss mich die Stimme meiner Mutter aus meinen Gedanken. Ich hob meinen Kopf und zwang mich zu einem Lächeln, als ich auch meinen Dad hinter ihr erblickte. Mittlerweile hatte ich Angst vor ihm. Vor seinem Urteil. Oder eher: Vor seiner *Verurteilung* meiner Person.

»Wo ist Andrew?«, hakte mein Vater verwirrt nach und ich zuckte zusammen.

Ich hatte auf eine kleine Galgenfrist gehofft, doch natürlich hatte er nicht vergessen, dass ich eigentlich gemeinsam mit meinem Verlobten hätte anreisen sollen. Das war lange geplant gewesen.

»Das … das erkläre ich euch drinnen«, stammelte ich und er runzelte die Stirn, während meine Mom mich eher besorgt anblickte.

Ich setzte mich in Bewegung und sprach mir stumm Mut zu. Vielleicht würden sie es ja besser aufnehmen, als ich befürchtete.

Im Haus angekommen brachte ich meinen Koffer selbst nach oben in mein Zimmer, machte mich kurz frisch und ging dann wieder nach unten, um mich meinen Eltern zu stellen, die im Wohnzimmer auf mich warteten.

Nachdem ich Platz genommen hatte, räusperte ich mich mehrmals und versuchte, die richtigen Worte zu finden.

»Ich … also Andrew … Andrew und ich …« Herrgott, ich hasste mich für dieses unterwürfige, ängstliche Gestammel. »Wir haben unsere Verlobung gelöst.« Bravo, ein vollständiger und flüssig ausgesprochener Satz.

Meine Mom schnappte entsetzt nach Luft und griff sich in einer theatralischen Geste an die Brust, während mein Dad seine Augenlider zu wütenden Schlitzen zog.

»Ihr habt *was*?!«, fragte er mit gefährlich leiser Stimme nach. Meine Mutter tätschelte seinen Arm in einer beschwichtigenden Geste, aber er schüttelte sie ab. »Hättest du die Güte, uns zu erklären, wieso ihr das getan habt?«

Nein, sicher nicht.

Dad die Wahrheit zu sagen, kam nicht infrage, ich war ja nicht lebensmüde.

Andrew würde ohnehin dichthalten, weil er mit

einem Geständnis auch sich selbst gefährdete. Ich war mir sicher, dass seine Eltern von dem Umstand, dass ihr braver Sohn es ziemlich bunt trieb und in der Gegend herumvögelte, wenig begeistert sein würden.

»Wir haben festgestellt, dass wir nicht zusammenpassen und eine Ehe damit nicht sinnhaft wäre«, presste ich gestelzt hervor und mein Dad stieß ein entnervtes Schnauben aus.

»Andrew Godfrey hat seit Ewigkeiten ein Auge auf dich geworfen, will jetzt aber bemerkt haben, dass es doch nicht funktioniert?!«, bohrte er nach und ich nickte.

»Er mag von meiner äußeren Erscheinung angetan gewesen sein. Aber wir beide haben in den vergangenen Monaten erkannt, dass wir zu wenig gemeinsam haben, um den Rest unseres Lebens miteinander zu verbringen«, erklärte ich und hoffte auf so etwas wie Verständnis. »Dad, du kannst nicht ernsthaft wollen, dass ich einen Mann heirate, der mich nicht liebt und den ich auch nicht liebe?«, appellierte ich an seine Vatergefühle.

Die Absurdität dieses Gesprächs ließ mich innerlich den Kopf schütteln. Ich war gerade mal zwanzig Jahre alt und verhandelte mit meinem Vater quasi über den Rest meines gottverdammten Lebens.

»Nun … natürlich will ich das nicht, aber Andrew war so eine gute Partie«, entgegnete er zähneknirschend. »Angesehen in der Gemeinde, mit einem ehrbaren Berufswunsch und einem tadellosen Ruf.«

Bei den Worten meines Vaters wurde mir

schlecht, weil mir einmal mehr klar wurde, dass er mir mittlerweile vollkommen fremd war. Der Mann vor mir hatte nichts mehr von dem Dad meiner Kindheit.

Wann war aus dem liebevollen Mann so ein verbohrter, selbstsüchtiger und berechnender Eisklotz geworden? Oder hatte ich womöglich eine verklärte Sicht?

Welcher Vater verlangte in der heutigen Zeit ein Keuschheitsgelübde von seiner Tochter, indem er sie emotional massiv unter Druck setzte? Dass ich ihn kreuzunglücklich machen und beschämen würde, wenn ich es nicht getan hätte, hatte er mir damals sehr direkt gesagt und genau das hatte ich nicht gewollt.

»Aber wie auch immer, es gibt noch zwei, drei weitere vielversprechende Kandidaten in unserer Kirchengemeinde, die ich für geeignet halte«, redete er weiter und meine Mom neben ihm nickte zustimmend.

Ich hingegen war fassungslos. Sie mussten ihren Verstand verloren haben, anders konnte ich mir nicht erklären, dass sie es zu ihrem Lebensziel gemacht zu haben schienen, mich so schnell wie möglich unter die Haube zu bringen. Aber an dem verhärteten und entschlossenen Ausdruck im Gesicht meines Dads erkannte ich, dass eine Diskussion zu nichts führen würde.

»Ich … ich würde jetzt gern zu Lily gehen«, wisperte ich und mein Vater verzog missbilligend das Gesicht.

»Sie ist kein guter Umgang mehr für dich«, tadelte er mich und ich schnappte fassungslos nach

Luft.

»Sie ist meine beste Freundin!«, verteidigte ich Lily und hoffte, dass dem wirklich noch so war.

Ich hatte sie in den vergangenen Monaten so oft vor den Kopf gestoßen, weil ich die Wahrheit aus ihrem Mund nicht hatte ertragen können. Der Gedanke, Lily verloren zu haben, war in etwa so unerträglich wie die Erinnerung an mein unmögliches Verhalten Evan gegenüber.

»Dieser ekelhafte Rennfahrer ist nicht dort, oder?«

Ich schüttelte mit dem Kopf. Meines Wissens nach waren sowohl Evan als auch Cage auf Sponsoring-Tour. Aber so hart es klang: Selbst die Gesellschaft des *Teufelshauchs* wäre mir gerade lieber als die meiner Eltern. Widerling oder nicht, Cage Maddox verbog sich nicht und redete niemandem nach dem Mund. Wahrscheinlich würde er nur verächtlich über meine Unfähigkeit lachen, mich gegenüber meinen Eltern zur Wehr zu setzen.

»Dann kannst du gehen«, erlaubte mein Dad mir gnädigerweise, meine beste Freundin zu besuchen.

Ich biss mir auf die Zunge, um ihm keine unangemessene Antwort entgegenzuschleudern. Stattdessen bedankte ich mich artig, erhob mich und verließ das Haus. Erst, als ich außer Sichtweite war, fing ich an zu rennen. Ich brauchte jetzt dringender denn je meine beste Freundin.

KAPITEL 8

ANNA

Meine ganze Welt war nur noch ein einziger Scherbenhaufen und der auf mich niederprasselnde Regen spiegelte meinen derzeitigen Gemütszustand perfekt wider. Andrew, seine scheinheilige Reaktion auf mein Geständnis, dass ich ebenso wie er keine Jungfrau mehr war, das Verhalten meiner Eltern, das alles erdrückte mich und Lily war der Mensch, den ich jetzt brauchte. Obwohl ich ihr nicht die volle Wahrheit in Bezug auf Evan sagen konnte, würde sie mich nicht verurteilen, dessen war ich mir sicher.

Ich rannte die Einfahrt zur Farm ihrer Eltern hoch und seufzte enttäuscht, als ich sah, dass der Wagen, mit dem Lily fuhr, wenn sie hier war, nicht da war. Aber vielleicht hatte ein anderer sich das Auto geliehen, es bestand also durchaus die Chance, dass meine beste Freundin im Haus war.

Es regnete immer noch in Strömen und ich war bis auf die Haut durchnässt. Völlig außer Atem hastete ich die Stufen hinauf und schrie erschrocken auf, als sich die Haustür öffnete und ausgerechnet Lilys großer Bruder hinaustrat.

»Evan?«, wisperte ich und wich zurück, als er einen Schritt auf mich zumachte. »Ich dachte … aber du solltest … warum bist du …«, stammelte ich fassungslos.

Mit Evan hatte ich nicht gerechnet. Nach meinem letzten Gespräch mit Lily war ich davon ausgegangen, dass er nach wie vor auf Sponsoring-

Tour war.

Ihn nach all den Monaten so unerwartet wiederzusehen, brachte mich völlig aus dem Konzept und weckte die unterschiedlichsten Empfindungen in mir.

Sehnsucht.

Wut.

Verlangen.

Scham.

Nur vier der Emotionen, die mich wie eine Naturgewalt überrollten.

Nach all der Zeit hatte ich gedacht, meine *Evan-Sucht* allmählich kontrollieren zu können, aber jetzt erkannte ich, dass ich mich einer Illusion hingegeben hatte.

Meine Gefühle für ihn waren noch gewachsen, doch das konnte und durfte nicht sein. Damals wie heute. Daran hatte sich nichts geändert.

»Anna«, begrüßte er mich kühl und ich zuckte unwillkürlich zusammen.

Unsere letzte Begegnung hatte alles andere als schön geendet, und seine Versuche, mich danach anzurufen, hatte ich sämtlichst unterbunden, indem ich Evan weggedrückt hatte. Es ehrte ihn, dass er mich nicht wie irgendeine seiner Affären behandelte und es wahrscheinlich unserer gemeinsamen Vergangenheit zuliebe hatte klären wollen. Im Grunde bewunderte ich ihn für seinen Mut und sein Ehrgefühl.

Ich hatte mehr als alles andere mit Evan reden wollen.

Ihm sagen wollen, dass es *nicht* seine Schuld war.

Dass ich nicht eine Sekunde der Nacht in dem

Bootshaus bereute.

Dass ich es wieder tun würde. Und wieder. Und wieder.

Selbst ein Jahr später brauchte ich nur die Augen zu schließen und an ihn zu denken, um seine Hände und seinen Mund auf meinem Körper erneut zu spüren.

Ich rief mich innerlich zur Ordnung. Der Pfad, den meine Gedanken gerade nahmen, war gefährlich und führte mich nur noch weiter weg von meiner Familie. Doch in mir kochte und brodelte es und ich war in Versuchung, das konnte ich nicht länger leugnen. Genaugenommen befand ich mich seit einem Jahr in diesem Zustand: Kurz vor der Explosion und doch zu feige dazu.

»Anna?«, drang Evans Stimme in meine rasenden Gedanken. Er betrachtete mich mit einem Ausdruck von zunehmender Verwirrung und … Besorgnis, und das war mehr, als ich ertragen konnte. »Falls du zu Lily wolltest, sie ist nicht da. Du kannst aber gerne im Haus auf sie warten, wenn du …«

»Es tut mir so leid«, brach es aus mir heraus, bevor ich überhaupt darüber nachdenken konnte. »Alles.« Evan starrte mich nur stumm an und nach einigen Sekunden hielt ich den Blick aus seinen blauen Augen nicht länger aus. Ich wirbelte auf dem Absatz herum, schoss die Stufen hinunter und rannte um das Gebäude.

Nur weg von hier.

Von all den widerstreitenden Gefühlen in meinem Inneren.

Ich war halb an dem Schuppen und gerade an

dem dahinter abgestellten alten Geländewagen vorbei, als ich schnell näherkommende Schritte hinter mir hörte.

»Anna!«, rief Evan und ich blieb abrupt stehen, unfähig, mich auch nur einen Meter zu bewegen.

Langsam drehte ich mich um und schrak zusammen, weil Evan so dicht hinter mir stand, dass ich nur meine Hand ausstrecken musste, um ihn zu berühren.

Nur eine winzige Bewegung, doch sie würde alles verändern.

Der Regen prasselte noch heftiger als vorhin auf uns hinunter und Evan war bereits ebenso durchnässt wie ich. Der Stoff seines weißen T-Shirts klebte an seinem Oberkörper und unwillkürlich hob ich meinen Arm und legte meine Finger auf seinen Brustkorb.

Unsere Blicke trafen sich und die Zeit schien für einen kleinen Moment stillzustehen, bevor Evan mich mit einem rauen Stöhnen an sich zog und meinen Mund mit seinem verschloss.

Mein Herz zog sich zusammen und pochte so heftig in meiner Brust, dass ich das Gefühl hatte, den Verstand zu verlieren.

Wie sehr ich mich nach ihm gesehnt hatte, wurde mir erst jetzt bewusst.

Mit einem Seufzen schlang ich meine Arme um seinen Hals und erwiderte seinen Kuss. Evan drängte mich schräg nach hinten und ich keuchte unterdrückt, als mein unterer Rücken auf den Kühlergrill des Autos hinter uns traf.

Immer leidenschaftlicher und wilder tanzten unsere Zungen miteinander und ich protestierte, als er sich von mir löste.

Ich wollte mich verlieren.

Vergessen.

Mich wiederfinden.

Mit ihm.

»Evan, bitte«, flehte ich und versuchte, ihn wieder zu mir hinunterzuziehen, doch er blieb standhaft und schüttelte nur mit dem Kopf.

»Nicht, bevor du es nicht aussprichst.«

Meine Augen weiteten sich, als er sich links und rechts von mir mit seinen Händen abstützte und mich so zwischen sich und dem alten Wagen einkeilte.

»Aussprechen? Was soll ich aussprechen?«, piepste ich.

»Dass du mich willst, Anna. *Wie* du mich willst«, murmelte er, beugte sich vor und streifte mit seinen Lippen über meine Wange. »Ich lasse mir kein zweites Mal vorwerfen, dass ich deine Unerfahrenheit ausgenutzt und mich über deine Gegenwehr hinweggesetzt habe.«

Vor lauter Scham über mein entsetzliches Verhalten schlug ich die Hände vor mein Gesicht. Dass ich all diese Dinge zu Evan gesagt hatte, nur um ihn loszuwerden, traf mich mit der Wucht eines Vorschlaghammers.

»Das hast du nicht«, flüsterte ich. »Das hast du in keiner Sekunde.« Ich hoffte, dass ihm das reichen würde, doch er blickte nur abwartend auf mich hinunter. »Es tut mir so leid.«

Konnte er denn nicht sehen, wie sehr ich mich selbst für meinen damaligen Auftritt verabscheute?

Musste ich wirklich sagen, dass und *wie* ich ihn

wollte?

»Evan, bitte, zwing mich nicht dazu«, bettelte ich und schnappte nach Luft, als er einen Schritt nach hinten machte.

»Ich rühre dich nicht wieder an, bis ich nicht die Gewissheit habe, dass du …«, fing er an und tief in mir brach etwas hervor und kämpfte sich mit der Gewalt eines Hurrikans nach oben.

»Ich will dich! In mir!«, rief ich. Hitze schoss mir in die Wangen bei dem bloßen Gedanken daran, die nächsten Worte auszusprechen, aber ohne sie würde ich Evan nicht bekommen und nichts war mir im Augenblick wichtiger. Zur Hölle mit meiner Sittsamkeit. »Und ich will, dass du mich so hart, rau und wild nimmst wie beim ersten Mal.« Mit jedem Wort war ich leiser geworden und beim letzten hatte ich meine Lider geschlossen, unfähig, ihm noch eine Sekunde länger in die Augen zu sehen.

»Anna.« Nur mein Name aus seinem Mund, doch ausgesprochen mit so viel Gier und Verlangen, dass ich meine Lider wieder öffnete. »Süße Anna«, raunte er, drängte seinen Körper erneut gegen meinen und küsste mich.

Mein Pulsschlag galoppierte mir davon und meine Knie wurden weich, so leidenschaftlich, intensiv und hungrig küsste er mich. Ich keuchte auf, als Evan seine Hände auf meine Schultern legte und die Träger meines Kleides sowie des BHs hinunter schob. Ein letztes Mal meldete sich mein Verstand zu Wort, weil mir bewusst wurde, dass uns jederzeit jemand erwischen konnte.

»Hier?«, wisperte ich.

»Exakt hier.«

Seine Lippen wanderten hinab über meinen Hals zu meinem Dekolleté, während er mir mein Sommerkleid weiter auszog. Evan stöhnte heiser und presste seinen Mund auf meine linke Brust, nachdem er den Vorderschluss meines BHs geöffnet und die Körbchen beiseitegeschoben hatte. Verzückt seufzend ließ ich meinen Kopf nach hinten sinken. Der warme Sommerregen fiel auf mein Gesicht und so verrückt es vielleicht auch war, mich ihm hier hinzugeben, in diesen Momenten mit Evan fühlte ich mich das erste Mal seit Monaten ansatzweise wieder wie ich selbst.

Er ging vor mir in die Knie, befreite mich ganz von meinem Kleid und zog mir mit einer schnellen Bewegung auch gleich mein Höschen aus, bevor er sich wieder aufrichtete und mir tief in die Augen sah.

»Du bist am Zug, Honey.« Verwirrt blinzelte ich, begriff einen Moment lang nicht, worauf er hinaus wollte. »Anfassen. Ausziehen«, setzte er mit einem schelmischen Augenzwinkern nach und meine Wangen wurden einmal mehr warm.

Ich schluckte schwer angesichts der unverhohlenen Begierde in seinen Augen. Vorsichtig legte ich meine Hände an seine Hüften, schob meine Finger unter den Bund seines T-Shirts und zuckte zusammen, weil Evan rau fluchte, als ich seine nackte Haut berührte.

Ich lächelte, griff nach dem Stoff und zerrte ihm das Shirt mit einer fließenden Bewegung über den Kopf. Evan fing an zu grinsen, weil ich wie paralysiert auf seinen durchtrainierten Oberkörper starrte.

»Wenn du mich weiter so anschaust, kann ich für nichts garantieren.« Er nahm meine Finger und führte sie zu seiner Gürtelschnalle. »Nicht den Faden verlieren. Weitermachen.«

Mein Blut pumpte in aberwitziger Geschwindigkeit durch meinen Körper, während ich seinen Gürtel öffnete und mich dann am Knopf seiner Jeans zu schaffen machte. Meine Hände zitterten so heftig, dass ich einen Moment innehalten musste, um mich zu sammeln.

»Verdammt«, schimpfte ich und Evan lachte leise.

»Dass ich dich so antörne und gleichzeitig nervös mache, macht mich unglaublich scharf auf dich«, raunte er. Er brachte seine Lippen dicht an mein Ohr und zwickte mich sanft in mein Ohrläppchen. »Anna, ich versuche wirklich, mich zusammenzureißen. Aber ein Teil von mir möchte dich einfach auf der Stelle mit dem Bauch voran über diesen Kühlergrill beugen und dich hart von hinten ficken, bis du dich bettelnd und flehend unter mir windest und meinen Namen stöhnst.«

Ich rang nach Atem, weil seine Worte einen Schwall der unterschiedlichsten Gefühle in mir auslösten. Die Vorstellung, so von ihm genommen zu werden, machte mir Angst und fachte meine Lust gleichzeitig nur noch mehr an.

Endlich hatte ich den Knopf geöffnet, den Reißverschluss hinuntergezogen und wollte gerade meine Hand wegnehmen, als Evans Finger um mein Handgelenk mich stoppten. Atemlos sah ich ihn an, weil er meine Hand unter den Bund seiner enganliegenden Pants führte.

»Evan, ich …« *kann das nicht,* hatte ich sagen wollen, doch als meine Finger auf seinen Schwanz trafen, verstummte ich. Seine Haut fühlte sich so samtig und gleichzeitig heiß an, ganz anders, als ich es erwartet hatte.

»Fuck«, keuchte Evan, schob seine Jeans sowie seine Pants mit einer ungeduldigen Geste etwas weiter hinunter und umfasste mein Kinn dann mit seiner Hand. »Sieh hin«, befahl er mir, legte seine andere Hand um meine an seinem Schaft und begann, mich zu führen.

Zögerlich blickte ich hinunter und atmete scharf ein. Zum Glück hatte ich bei unserem ersten Mal nicht hingesehen, ich hätte nur Angst gehabt, dass das nie passen würde. Fasziniert verfolgte ich unsere Bewegungen und hörte, wie Evan immer wieder leise meinen Namen seufzte. Dass *ich* das in ihm auslöste, wenn auch nur durch ihn dirigiert, erfüllte mich mit einer tiefen Befriedigung. Als er meine Finger freigab, war ich einen Moment lang verunsichert, doch die rauen Laute, die er ausstieß, machten es mir unmöglich, das hier zu beenden.

»Fester und schneller«, murmelte er und ich leistete seinem Befehl Folge. Evan stützte sich mit einer Hand neben mir an dem Wagen ab und lehnte seine Stirn gegen meine. »Heilige Scheiße, Anna«, stöhnte er und ich biss mir auf die Unterlippe, um mein eigenes Seufzen zu unterdrücken.

Evan so zu sehen und zu spüren, brachte mich um den Verstand. Die heiße Haut seines Schwanzes unter meinen Fingern, sein hastig gehender Atem, der immer wieder über mein Gesicht streifte und die Art, wie er meinen Namen aussprach, ließen meinen Schoß immer heftiger pochen. Eine erregende Welle nach der anderen jagte durch meinen Körper und ich wollte Evan mit jeder Sekunde mehr. Dazu musste er mich nicht einmal berühren.

Ich hielt an seiner Schwanzspitze inne, zögerte kurz und strich dann vorsichtig mit meinem Daumen über seine Eichel, was ihn einen weiteren derben Fluch von sich geben ließ. Er griff nach meinem Handgelenk, zog meinen Arm weg und fixierte mich mit seinem Blick.

»Umdrehen.«

Lust raste durch meine Venen und übernahm komplett die Kontrolle. Meine Angst, mich ihm mit dieser Position auszuliefern, war fort. Wie bei unserem ersten Mal war ich nur noch von dem Wunsch beherrscht, dass das hier nicht endete. Ich wollte Evan spüren, und ich wollte mich endlich wieder lebendig und nicht wie innerlich erstarrt fühlen.

»Honey, ich bitte dich nicht noch einmal. Dreh dich um.«

Mit zitternden Knien wandte ich ihm den Rücken zu und beugte mich über den Kühlergrill des Wagens. Ich stöhnte leise auf, als Evan von hinten mit seiner Hand zwischen meine Beine fasste und mit seinen Fingern zwischen meine Schamlippen glitt.

Er beugte sich über mich und drückte einen Kuss auf meine Schulter.

»Füße weiter auseinander«, raunte er und führte gleichzeitig zwei Finger in mich ein, was mich seinen Namen keuchen ließ.

Evan strich meine Haare beiseite, biss mich sanft in den Nacken und ich wimmerte. Seine Lippen streiften über meine Haut, übersäten meine Schultern und meinen oberen Rücken mit Küssen und zarten Bissen, die meinen gesamten Körper zum Summen brachten.

In einem langsamen und sinnlichen Rhythmus bewegte er seine Finger in mir und ich konnte nicht anders, als zu betteln. Ich sehnte mich so danach, ihn ganz zu spüren, und doch verkrampfte ich für einen winzigen Moment, als er seine Finger aus mir zurückzog und ich nur Sekunden später seine Eichel an meiner Scham fühlte.

»Evan«, hauchte ich, als er in mich eindrang, sich Stück für Stück in mich schob und mich dehnte. »Oh Gott«, wisperte ich, weil mein Körper komplett verrückt spielte und schon zuckte, ohne dass er überhaupt richtig damit angefangen hatte, sich in mir zu bewegen. Meine Knie zitterten und ich ließ meinen Kopf auf die Motorhaube sinken, als er vollends in mir war und so verharrte, während meine inneren Wände sich immer noch rhythmisch zusammenzogen.

»Anna, halt verdammt noch mal still«, knurrte er und ich fuhr zusammen, weil er mich deutlich fester als beim ersten Mal in meinen Nacken biss. »Wenn du nicht damit aufhörst, werde ich kommen wie ein verfickter pubertierender Siebzehnjähriger mit Hormonstau, bevor das hier auch nur ansatzweise befriedigend für dich ist«, keuchte er mit einem verzweifelten Unterton an meinem Ohr.

»Aber … aber … ich mache doch gar nichts!«, verteidigte ich mich, denn für die heftige Reaktion meines Körpers auf seinen konnte ich nichts. »Du bist das! *Du* machst das mit mir!«, rief ich aus und seufzte, als er sich zurückzog und mit einem intensiven Stoß wieder tief in mich eindrang.

Ich hatte keine Ahnung, wovon er sprach, für mich war das, was er mit mir tat, der Himmel auf Erden. Wie er da von nicht einmal ansatzweise befriedigend reden konnte, verstand ich nicht.

»Oh Gott!«, wimmerte ich, als Evan seine Hand über meinen Bauch wieder zwischen meine Beine zu meiner Klit gleiten ließ.

Der stetig stärker werdende Druck seiner Finger auf meinem Lustzentrum, die harten, wilden und rauen Stöße, mit denen er mich nahm und sein heiseres Stöhnen an meinem Ohr ließen mich endgültig die Kontrolle verlieren. Ich zog mich um seinen Schwanz zusammen und rief immer wieder leise seinen Namen, während mich die Kontraktionen in meinem Unterleib völlig überrollten. Die Intensität meines Höhepunktes ließ meine Knie weich werden und nur der Kühlergrill unter mir und Evans Hand an meiner Hüfte verhinderten, dass ich zusammensackte.

»Anna, meine süße Anna.« Seine Stimme war belegt vor Lust und die festen und intensiven Stöße, mit denen er nach wie vor in mich eindrang, jagten mich nahezu übergangslos in einen zweiten Orgasmus.

Wimmernd und flehend wand ich mich unter Evan, der mit einem unterdrückten Stöhnen sowie einem Fluch einen Moment später über mir erstarrte und sich dann mit seinem Körpergewicht auf mich sinken ließ.

Nach Atem ringend verharrten wir so, nichts außer das Geräusch des auf uns niederprasselnden Regens durchbrach die Stille. Evan drückte seinen Mund auf meinen Hals, direkt auf die Stelle über meinem rasenden Pulsschlag und flüsterte immer wieder meinen Namen.

Ich lächelte völlig hingerissen von ihm und wünschte mir, dass dieser Augenblick nie enden würde. Für wenige Minuten war alles in den Hintergrund getreten und es hatte nur Evan und mich gegeben.

»Ich fühle mich wie ein mieser Scheißkerl«, wisperte Evan und ich wandte verwundert meinen Kopf zur Seite, um ihn anzuschauen. »Aber ich habe noch einen Termin in der Stadt«, erklärte er und lächelte mich entschuldigend an, bevor er sich aus mir zurückzog. »Den kann ich leider nicht verschieben, aber ich würde dich später gerne sehen.«

Mein Herz schlug bei seinen letzten Worten unwillkürlich schneller und ich konnte nicht verhindern, dass sich ein Lächeln auf mein Gesicht stahl. Ich drehte mich um und schaute Evan einen Moment lang dabei zu, wie er sein T-Shirt anzog. Ein Teil von mir wollte ihn einfach erneut an mich ziehen und ihn dazu bringen, dass er bei mir blieb und seinen Termin doch noch sausen ließ. Doch ich war zu unerfahren und schüchtern, um meine Gedanken wirklich in die Tat umzusetzen.

Verlegen richtete und schloss ich meinen BH wieder, bevor ich mich nach meinem Slip und meinem Kleid bückte. Ich rümpfte die Nase, weil es voller Matsch war. So konnte ich nicht auf Lily warten, also würde ich noch einmal nach Hause gehen müssen.

»Anna, hast du mich gehört?« Ertappt sah ich zu Evan und nickte. »Wir sollten reden. Eigentlich hätten wir das vor *dem hier* tun sollen, aber …« Er hielt inne und grinste unanständig, während er mir meine Locken aus dem Gesicht strich. »Treffen wir uns heute Abend? Beim Bootshaus? Gegen neun?«

Ich nickte ein weiteres Mal und wandte mich ab, um zu gehen, doch Evans Finger an meinem Handgelenk stoppte mich. Mit einer forschen Bewegung zog er mich an sich und gab mir einen leidenschaftlichen Kuss.

»Bis später, Anna Gilmore«, nuschelte er an meinen Lippen und gab mir einen Klaps auf den Hintern.

»Bis später, Evan Cavanaugh«, piepste ich und konnte nichts gegen das Strahlen tun, das sich auf meinem Gesicht ausbreitete.

Naiv und unerfahren hin oder her, aber selbst mir war klar, dass man so nicht mit einem unwichtigen One-Night-Stand umging. Evan löste sich mit einem verschmitzten Grinsen von mir, setzte sich in Bewegung. Ich sah ihm hinterher, bis er hinter dem Schuppen verschwunden und damit außerhalb meiner Sichtweite war.

Kopfschüttelnd realisierte ich, wie verliebt ich in Evan war. Er war immer das Nonplusultra als Mann für mich gewesen, seit Jungs für mich interessant waren. Der Gedanke, dass ich mehr als ein unwichtiges Abenteuer für ihn sein könnte, gab der Rebellin in mir Hoffnung.

Nach einem letzten kurzen Zögern machte ich

mich auf den Weg zu unserer Ranch, entschlossen, meinen Eltern die Stirn zu bieten und ihnen zu sagen, dass ich meine eigenen Entscheidungen treffen würde. Dass ich sie liebte, aber dass ich meinen Weg erst einmal finden und dann auch gehen musste.

Letztlich wollten sie doch, dass ich glücklich war. An diese Hoffnung klammerte ich mich, während ich durch das kleine Waldstück ging, das unsere Ländereien von denen der Cavanaughs trennte.

KAPITEL 9

ANNA

Zuhause angekommen wollte ich schnell nach oben hasten, um mich umzuziehen, ehe ich meinen Eltern unter die Augen trat, doch mein Dad machte mir einen Strich durch die Rechnung.

»Anna, da bist du ja, ich …« Mit diesen Worten kam er aus dem Wohnzimmer und stockte mitten im Satz, als er mich in meinem schlammverschmierten Kleid erblickte. »Was zur Hölle ist denn mit dir passiert?« Er hob pikiert eine Augenbraue.

»Ich … ich bin ausgerutscht, weil der Waldweg so matschig war«, erfand ich eine harmlose und vor allem naheliegende Erklärung für mein derangiertes Aussehen. »Deswegen bin ich noch einmal zurückgekommen, ich wollte mich schnell umziehen, bevor ich wieder zu Lily gehe.«

Jetzt oder nie, ermahnte ich mich innerlich.

Ich hatte mir vorgenommen, meinen Eltern reinen Wein einzuschenken und ihnen zu sagen, dass ich ein selbstbestimmtes Leben führen möchte.

»Aber vorher würde ich gerne mit euch sprechen«, verkündete ich daher.

Mein Vater blickte mich misstrauisch an. »Ich hoffe, du wartest nicht mit einer weiteren Hiobsbotschaft auf?«, fragte er mich.

Ich wusste beim besten Willen keine Antwort hierauf und die ablehnende Grundhaltung meines Dads schüchterte mich jetzt schon ein. Daher zuckte ich nur mit den Schultern und machte mich auf den Weg nach oben, um ein wenig Zeit zu gewinnen.

Er würde von der Tatsache, dass ich keine Jungfrau mehr war, sicher alles andere als begeistert sein. Doch ich hoffte darauf, dass er sich auf unser früher so gutes Verhältnis besinnen und ein bisschen von dem *alten* Dad zeigen würde. Letztlich sollte ihm mein Wohl am wichtigsten sein, doch irgendwie klang das alles nach Mut zureden.

Nachdem ich mich umgezogen hatte, gönnte ich mir noch ein paar Momente für mich, in denen ich mich sammelte und mir meine Worte sorgfältig zurecht legte. Ich schloss meine Augen und stöhnte leise, weil ich sofort an Evan denken musste. Meine Haut prickelte bei der Erinnerung daran, wie er mich berührt hatte. Ein Lächeln stahl sich auf mein Gesicht bei der Vorstellung, dass ich ihn in wenigen Stunden wiedersehen würde.

Zuversichtlich straffte ich die Schultern und ging nach unten in das Wohnzimmer zu meinen Eltern, die nebeneinander auf der Couch sitzend bereits auf mich warteten. Meine Mom lächelte mich liebevoll an, während mein Dad mich mit undurchdringlicher Miene musterte.

»Es trifft sich gut, dass du noch einmal mit uns sprechen möchtest«, schnitt er mir das Wort ab, als ich gerade ansetzte. »Ich selbst habe mir in der Zeit deiner Abwesenheit ebenfalls ein paar Gedanken gemacht, wie es nun weitergehen soll.« Ich sah ihn fragend an. »Ich hatte dir ja vorhin gesagt, dass es zwei, drei weitere geeignete Kandidaten in unserer Gemeinde gäbe, die Andrews Platz einnehmen könnten.« Er lächelte mich so sanftmütig an, dass sämtliche Alarmglocken in meinem Inneren zu schrillen begannen. »Ich habe bereits mit ihren Eltern telefoniert und du kannst dich glücklich schätzen. Mr. Nicholsen und auch Mr. Brixton haben schon ihr Einverständnis sowie das Interesse ihrer Söhne bekundet. Mr. Kinsella hat sich noch etwas Bedenkzeit ausgebeten.«

Wie bitte?!

Mir wurde gleichzeitig heiß und kalt und meine Kinnlade klappte hinunter.

»Dad! Du kannst mich doch nicht wie ein Stück Vieh anbieten und an den Meistbietenden verschachern!«, platzte es erschrocken aus mir heraus.

Mein Vater atmete scharf ein. »Ich sorge dafür, dass sich eine sehr prekäre Lage für dich zum Guten wendet. Mit Anbieten und Verschachern hat das *nichts* zu tun«, blaffte er mich an. »Du hast dich durch deine gelöste Verlobung mit Andrew selbst in diese Situation gebracht, und ich bin nicht gew…«, fuhr er fort, bis ich ihn unterbrach.

»Andrew hat sich nicht an sein Keuschheitsgelübde gehalten, Dad! Und dass ich es auch nicht getan habe, hat ihn so wütend gemacht, dass er sich von mir getrennt hat!«, ließ ich die Bombe platzen. »Er ist ein heuchlerisches, scheinheiliges Ar…«

Mein Vater sprang auf und baute sich vor mir auf. »Wiederhole, was du soeben gesagt hast!«, schrie er mich mit vor Wut zitternder Stimme an und unterbrach meine Schimpftirade. »Ich bete für dich, dass ich mich verhört habe!«

Meine Mom erhob sich ebenfalls, stellte sich an seine Seite und versuchte, ihn zu beschwichtigen, indem sie eine Hand auf seinen Arm legte und beruhigend auf ihn einredete. »Liebling, du solltest …«, fing sie an, aber er schüttelte ihre Finger nur aufgebracht ab und blickte mich starr an.

»Du hast dich nicht verhört. Ich bin keine Jungfrau mehr. Bereits seit einem Jahr nicht«, antwortete ich mit ruhiger Stimme. Die Fassungslosigkeit, die sich in seinem Gesicht abzeichnete, ließ mich einen Moment stocken. »Dad, bitte, wir haben immer miteinander reden können. Du musst doch verstehen können, dass ich ein selbstbestimmtes Leben führen möchte, und dass ich …« Mit einem Klatschen landete seine Hand in meinem Gesicht und mein Kopf flog so heftig herum, dass ich einen Aufschrei nicht unterdrücken konnte. Tränen schossen mir in die Augen und ich griff mir an die Wange, unfähig zu begreifen, was hier gerade passierte.

»Du kleines Flittchen!«, brüllte er mich an, packte mich am Oberarm und zerrte mich aus dem Sessel. »Wer hat es gewagt, dich zu entehren?!«, schrie er und schüttelte mich.

Meine Mutter neben ihm riss an seiner Hand und versuchte, mich aus seinem Klammergriff zu befreien. »Walter, du bist nicht Herr deiner Sinne, lass das Kind los!«, rief sie und mein Dad gab mir einen groben Schubs nach hinten, sodass ich zu Boden ging.

»Du hast unseren guten Familiennamen beschmutzt und bist eine einzige Enttäuschung für mich! Geh mir aus den Augen! Du widerst mich an!«, prasselten seine Worte auf mich hinunter. »Ich hoffe für dich, dass ich zumindest einen der drei Väter davon überzeugen kann, dass sie dich auch mit diesem Makel in ihre Familie aufnehmen.« Er ragte über mir auf und als er sich zu mir hinunterbeugte, wich ich unwillkürlich zurück und machte mich kleiner, weil ich Angst hatte, dass er mich wieder ohrfeigen würde. »Du solltest dir ganz genau überlegen, ob du wirklich ein selbstbestimmtes Leben nach deinen schmutzigen Moralvorstellungen führen möchtest, denn in diesem Fall werden weder deine Mutter noch ich einen Platz darin einnehmen. Schlägst du diesen Weg ein, haben wir keine Tochter mehr.«

Tränen rollten über meine Wangen und ich schüttelte mit dem Kopf. »Aber … Dad … Mom«, flehte ich und streckte meine Hand aus. »Das könnt ihr nicht … ich … wieso?«, stammelte ich und versuchte, zu begreifen, dass mein Vater mir gerade tatsächlich ein unmenschliches Ultimatum stellte.

»Walter, wir sollten alle zur Ruhe kommen. Ich halte es für das Beste, wenn Anna für den Rest des Sommers zu ihrer Tante nach New Orleans fliegt«, mischte meine Mom sich ein.

Dass sie nicht einmal für mich Partei ergriff, sondern nur versuchte, die Wogen zu glätten und vor allem ihren Mann zu beruhigen, traf mich tief. Auf eine gewisse Art und Weise schmerzte das hier mehr als die Ohrfeige meines Vaters.

»Zu Amber Frances?! Meine verantwortungslose Schwester bringt sie erst recht auf dumme Gedanken!«, schnauzte er zurück und schüttelte mit dem Kopf, doch meine Mutter gab nicht klein bei.

Ich rollte innerlich mit den Augen über sein *Amber Frances.* Schon seit ich denken konnte, nannte mein Dad seine Schwester grundsätzlich bei ihren beiden Vornamen. Der Rest der Familie rief sie Amber. Lediglich ich sprach sie mit Frances an, weil ich diesen Namen als Kleinkind aus unerfindlichen Gründen eher hatte aussprechen können als Amber. Auch als ich älter wurde, war ihr Zweitname bei mir hängengeblieben.

»Amber wird gut auf sie achtgeben und sich um sie kümmern. Anna kann darüber nachdenken, welchen Weg sie gehen und ob sie wirklich mit ihrer Familie brechen möchte und du kannst die nächsten Schritte vorbereiten.« Sie lächelte auf mich hinunter und mein Magen drehte sich um, als sie weitersprach. »Ich bin mir sicher, dass unsere Tochter erkennen wird, dass sie sich auf einem Pfad befindet, der sie in die Verdammnis führt.«

Mein Vater schnaubte resigniert. »Meinetwegen. Ich kündige Amber Frances ihren Besuch an und buche den ersten Flug morgen.« Mit diesen Worten wandte er sich von meiner Mom ab und wieder mir zu. »Und jetzt: Geh mir aus den Augen, bevor ich mich völlig vergesse.«

Bevor er sich völlig vergaß?!

Meiner Meinung nach hatte er das mit seiner Ohrfeige und seinem Wutausbruch bereits getan.

Nie zuvor hatte mein Dad die Hand gegen mich erhoben.

Dieser Schock saß tief.

Doch noch tiefer saß die Angst, dass sie mich tatsächlich verstoßen würden.

Wieder einmal hatte ich das Gefühl, nur

verlieren zu können.

Wählte ich Evan und traf mich heute Abend mit ihm, wäre ich ab sofort auf mich allein gestellt, daran hatte ich keinen Zweifel.

Wählte ich meine Eltern, würde ich Evan erneut vor den Kopf stoßen und kränken.

Doch stand Evan überhaupt zur Wahl? Konnte ich eine Entscheidung wie diese treffen, nachdem ich lediglich zwei Mal mit ihm Sex gehabt hatte?

Im Grunde genommen war er, obwohl ich ihn bereits mein gesamtes Leben kannte, ein Fremder für mich.

Lilys großer Bruder, der einen Lebensstil pflegte, der komplett gegensätzlich zu meinem war.

Und was Evan von mir wollte, wusste ich eh nicht.

Versprach er sich von unserem neuerlichen Zusammensein vielleicht eine lockere Sommeraffäre?

Er war nicht der Typ Mann für eine feste Bindung, das hatten seine vergangenen zahlreichen Frauengeschichten mehr als einmal gezeigt.

Wollte ich *dafür* wirklich meine Familie aufgeben?

Ich war nicht stolz darauf, aber ich verschob diese Entscheidung vorerst, indem ich Tante Frances in New Orleans besuchte.

So musste ich jetzt noch keine finale Wahl treffen.

Nur verabschieden musste ich mich.

KAPITEL 10

EVAN

Kurz nach der verabredeten Uhrzeit traf ich am See ein. Auf dem Steg war Anna nicht zu sehen, aber möglicherweise wartete sie im Bootshaus auf mich. Ich betrat das Haus und runzelte irritiert die Stirn, als ich es leer vorfand. Unpünktlichkeit passte nicht zu ihr. Mein Blick blieb an der Werkbank hängen, auf der ich sie vor einem Jahr entjungfert hatte.

Ich beschloss, ihr noch ein paar Minuten Zeit zu geben, vielleicht war ihr etwas dazwischengekommen, das sie aufgehalten hatte. Nachdenklich machte ich einen Schritt auf die Werkbank zu. Ich hob eine Augenbraue, als ich den Umschlag wahrnahm, der gegen die Wand gelehnt darauf stand.

Langsam trat ich näher und griff nach dem Briefumschlag, auf den in mädchenhaften Schnörkeln mein Name geschrieben worden war. Hastig öffnete ich ihn, zerrte den in ihm steckenden Papierbogen hervor und faltete ihn auseinander.

Lieber Evan,

ich hatte nicht den Mut, dir persönlich unter die Augen zu treten, deswegen dieser Brief.

Mein Vater hat fürchterlich darauf reagiert, dass ich keine Jungfrau mehr bin.

Ich fühle mich innerlich zerrissen und kann mich nicht mit dir treffen. Für meinen Dad bin ich ohnehin bereits eine Schlampe, weil ich mich habe entjungfern lassen. Wüsste er, dass du derjenige gewesen bist, würde er völlig ausflippen.

Ich kann nicht hierbleiben, und deswegen tue ich, was ich am besten kann: Abhauen. Den Rest des Sommers werde ich bei meiner Tante in New Orleans bleiben und dort hoffentlich so etwas wie Klarheit finden.

Es tut mir unendlich leid, hasse mich bitte nicht, denn du kannst mir glauben, ich tue es genug für uns beide.

Anna

Fassungslos starrte ich auf die wenigen, für mich völlig aufgelöst klingenden Zeilen, die Anna mir hinterlassen hatte. Ich wusste nicht, was mich wütender machte. Der Umstand, dass sie wieder gekniffen hatte oder ihre Entscheidung, sich zu verpissen. Dass sie mir nicht einmal die Chance einer Aussprache einräumte, sondern mich einfach vor vollendete Tatsachen stellte, sorgte dafür, dass ich langsam aber sicher stinksauer wurde.

Ich faltete den Brief wieder zusammen, schob ihn in den Umschlag zurück und stopfte diesen in meine Gesäßtasche, ehe ich mein Mobiltelefon hervorholte und die Kurzwahltaste für Cages Nummer drückte. Letztes Jahr hatte ich diese Sache komplett mit mir selbst ausgemacht und abgehakt, doch jetzt musste ich mit jemandem sprechen. Die Zeit des Schweigens war vorüber.

Eine Stunde später saßen Cage und ich in der Küche meines Elternhauses und tranken das zweite Bier. Mein Kumpel musterte mich immer wieder prüfend und zunehmend ungeduldiger. Cages

Zündschnur war extrem kurz und meine Hinhaltetaktik nervte ihn jetzt schon, das war ihm mehr als deutlich anzusehen.

»Alter, nun rück endlich mit der Sprache raus!«, blaffte er mich auch prompt an. »Du wolltest mit mir über etwas quatschen, also rede gefälligst auch und schweig mich nicht wie ne Pussy an!«

Mit einem Seufzen rieb ich mir über das Gesicht und nahm einen weiteren Schluck meines Biers, um noch etwas Zeit zu schinden. »Erinnerst du dich an die Sommerparty der Gilmores letztes Jahr?«

Cage runzelte die Stirn, nickte jedoch schließlich. »Diese lahme Veranstaltung, die ihr hier als wiederkehrendes *Highlight* zelebriert?«, ätzte er.

Manchmal war mein bester Kumpel so ein Kotzbrocken. Kurz überlegte ich, ob es wirklich die richtige Entscheidung war, ihn einzuweihen. Aber mit wem wollte ich sonst über Anna sprechen?

»An dem Abend habe ich Anna entjungfert«, gestand ich Cage mein verschissenes Geheimnis, das ich eine gefühlte Ewigkeit mit mir allein ausgemacht hatte.

»Anna?«, fragte er verständnislos nach, doch wenige Sekunden später hellte sich sein Gesicht auf. »Die Kirchenmaus?! Alter, du hast die prüde Schnalle klargemacht?!« Er hob den Arm und streckte mir seine Faust mit einem dreckigen Lachen entgegen. »Verfickt noch eins, warum erzählst du mir das erst *jetzt*?!«, blaffte er mich an und senkte seine Hand, weil ich nicht reagierte. »Und, war sie wie erwartet?! Verklemmt und nur am Jammern?«, löcherte er mich. »Wie war es, ne Jungfrau zu vögeln?!«

Seine Reaktion machte mich stinkig, obwohl ich sie erwartet habe. Aber manchmal wünschte ich mir, dass mehr als der blöde Wichser in meinem Kumpel steckte. »Heilige Scheiße, krieg dich mal wieder ein! Ich habe dir das nicht verraten, um mit dir durchzuhecheln, wie es mit Anna war!«, blaffte ich ihn an.

»Nicht?!«, erwiderte Cage verständnislos. Ich ermahnte mich, daran zu denken, dass er mein bester Freund war. »Warum denn dann?!« Mit einem verschwörerischen Grinsen beugte er sich zu mir. »Ist sie eigentlich ne echte Rothaarige? Würde mich ja brennend interessieren, ob ihre Pu…«

»Noch ein Wort und ich haue dir eine aufs Maul«, unterbrach ich ihn aggressiv. »Manchmal bist du dermaßen widerlich, dass ich mich wirklich frage, *was* bei dir schiefgelaufen ist.« Kopfschüttelnd trank ich den Rest meines Biers aus und erhob mich. »Dieses ganze verfickte Gespräch war ein Fehler«, murmelte ich mehr zu mir selbst als zu ihm.

»Mach mal halblang, seit wann verstehst du denn keinen Spaß mehr? Klingt ja fast, als wäre dir das mit der Kirchenmaus wichtig.« Sein Tonfall verriet mir unterschwellig, dass mein Kumpel mich reingelegt hatte. Sicher, er war ein Arschloch, aber nicht halb so empathielos, wie er gerne tat.

Er hatte mich getestet.

Und ich war durchgefallen.

Cage stieß einen Pfiff durch seine Zähne. »Hat der kleine, widerspenstige Rotschopf dir etwa den Kopf verdreht?!«, bohrte er nach, doch eigentlich klang die Frage eher wie eine Feststellung.

Ich zuckte mit den Schultern. *Was* genau da zwischen Anna und mir lief, wusste ich selbst nicht. Bis vor wenigen Stunden hatte ich kaum noch einen Gedanken an den vergangenen Sommer verschwendet, aber als Anna an diesem Morgen vor mir gestanden hatte, war mein verfluchtes Verlangen nach ihr zurückgekehrt, als wäre es nie weg gewesen.

»Ich habe heute wieder mit ihr gevögelt«, verkündete ich betont salopp. »Eigentlich wollten wir uns im Bootshaus treffen, um zu reden. Anna ist allerdings nicht aufgetaucht, sie hat mir nur einen verschissenen Brief da gelassen.«

Obwohl mein Verstand mir davon abriet, Cage Annas Zeilen zu zeigen, reichte ich ihm den Umschlag. Angespannt beobachtete ich meinen besten Freund, während er ihre Worte las.

»Ernsthaft?! Die klingt nur akut untervögelt. Fick sie, damit sie wieder klarkommt. Und damit du auch wieder klarkommst«, schlug er lapidar vor und drückte mir den Brief zurück in die Hand.

»*Das* ist dein verfluchter Rat an mich?! Im Ernst, Alter?!«, zischte ich und fuhr zusammen, als ich plötzlich Lilys Stimme hörte, die nach mir rief. Hastig ließ ich den Umschlag in meiner Hosentasche verschwinden, gerade noch rechtzeitig, bevor meine kleine Schwester die Küche betrat.

»Oh, du bist auch hier?«, begrüßte Lily Cage mit einem überraschten Gesichtsausdruck. Mein Kumpel zuckte nur mit den Schultern, was sie entnervt stöhnen ließ.

»Ist ja wohl offensichtlich«, brummelte Cage,

während Lily sich eine Wasserflasche aus dem Kühlschrank holte und neben ihm Platz nahm. Seit die beiden für die Presse eine Fake-Beziehung führten, kabbelten sie sich noch mehr als vorher, aber deutlich weniger feindselig als früher. Wahrscheinlich, weil auch meine Schwester Cage etwas besser kennenlernte, obwohl dieser das sicher gerne abstreiten würde.

»Lily, kann ich dich mal was fragen?«, begann ich und Cage sah mich alarmiert an. Für wie beschränkt hielt er mich?! Als ob ich meiner Schwester einfach so auf die Nase binden würde, dass ich ihre beste Freundin entjungfert hatte.

»Klar, was ist denn?« Interessiert sah sie mich an.

»Ich habe einen Kumpel, der vor kurzem mit einer Frau Sex hatte. Danach sind sie … nicht unbedingt im Guten auseinander«, erzählte ich, schönte die Fakten etwas und überlegte fieberhaft, wie ich die Kurve bekam, ohne dass Lily gleich begriff, dass es um Anna ging. »Die Fam … ähm … die Freunde der Kleinen mischen sich ständig in ihr Liebesleben ein und sind auf meinen Buddy nicht gut zu sprechen.«

Cage schüttelte neben Lily hektisch mit dem Kopf, bis diese zu ihm sah. Schnell tarnte er sich, indem er sich mit einer fahrigen Bewegung durch die Haare strich, aber seine Lippen formten noch ein stummes »Nein«, doch ich ließ mich nicht beirren.

»Jetzt sind sie wieder aufeinandergetroffen, hatten erneut Sex und danach haben ihre Freunde ihr die Hölle heiß gemacht, weil sie sich ein weiteres Mal auf meinen Kumpel eingelassen hat. Sie ist abgehauen und hat ihm nur einen Brief da gelassen, in dem sie ihm schreibt, dass sie sich zerrissen fühlt und dass sie nicht in seiner Nähe bleiben kann.«

Lily kräuselte ihre Nase und legte den Kopf leicht schief. »Weiß er, wo sie jetzt ist?«, hakte sie nach und ich nickte. »Dann ist das ganz eindeutig ein Hilfeschrei. Dein Freund sollte ihr nachreisen und die Dinge mit ihr klären. Fernab von den Menschen, die sich in ihr Leben einmischen, ist das vielleicht sogar einfacher«, schlug Lily vor.

»Bullshit. Reden ist Schwachsinn. Er sollte sie ficken, damit sie wieder klarkommt. Wenn sie ihn will, wird sie so merken, was Sache ist«, mischte Cage sich ein und kassierte dafür einen kräftigen Schlag von Lily auf seinen Hinterkopf.

»Kein Wunder, dass dein Ruf so ruiniert ist und du mich als deine Vorzeige-Freundin brauchst«, fauchte sie meinen Kumpel an, musste danach jedoch grinsen.

»Und mich überrascht es nicht, dass du als kleine Miss Tugendhaft natürlich nur so langweilige 08/15-Ratschläge gibst«, raunte Cage und griff schmutzig grinsend nach ihrem Unterarm, als Lily erneut zu einem Schlag ausholen wollte.

»Boah, bitte, könnt ihr diese Fake-Beziehungs-Scheiße mal sein lassen?! Wir sind unter uns, da müsst ihr nicht auf ein sich neckendes und liebendes Pärchen machen!«, knurrte ich die beiden übellaunig an.

Cage ließ Lilys Arm abrupt los und tippte sich an die Stirn, während meine Schwester ein albernes Lachen ausstieß.

»Tun wir doch gar nicht!«, verkündeten die

beiden gleichzeitig.

»Sicher«, gab ich trocken zurück und erhob mich wieder. »Ich gehe jetzt packen.« Lily blickte verwirrt zu mir auf. »Promotion- und Sponsoringtermine«, erklärte ich und sie schluckte meine Ausrede umgehend.

In den nächsten paar Tagen stand nichts an, und so würde ich meine freie Zeit nutzen.

Ich würde nach New Orleans fliegen und mir Anna vorknöpfen.

So leicht wie beim ersten Mal würde sie mir nicht davonkommen.

KAPITEL 11

ANNA

»Süße, willst du mir nicht endlich erzählen, was mit dir los ist?« Meine Tante betrachtete mich prüfend, nippte an ihrem Kaffee und wickelte eine ihrer dunkelroten Haarsträhnen um ihren Finger.

Sie hatte mich in Ruhe gelassen, seit ich gestern bei ihr in New Orleans angekommen war, doch ich hatte gewusst, dass sie irgendwann nachbohren würde. Von Amber Frances Gilmore als meine Tante zu sprechen, war ohnehin schräg, denn sie war nur sechs Jahre älter als ich. Vielleicht hatte ich deshalb so ein inniges Verhältnis zu ihr, denn sie war mir eher eine Schwester als eine Tante.

»Anna, ich habe mir dein brütendes Schweigen die letzten vierundzwanzig Stunden angetan, und ich habe ehrlich gesagt die Nase voll davon.« Ihre grünen Augen funkelten amüsiert, als ich ihr die Zunge herausstreckte. Sie erhob sich, um die Brötchen für unser Frühstück aus dem altersschwachen Ofen in ihrer bunt zusammengewürfelten Küche zu holen. »Was ist zu Hause los?«

Ich verzog das Gesicht. »Frances, lass mich einfach in Ruhe«, blaffte ich sie an, und doch konnte ich nicht verhindern, dass mir allein bei der Nennung meines Zuhauses die Tränen in die Augen schossen.

Der Schock über die heftige Ohrfeige, die mein Dad mir gegeben hatte, saß nach wie vor tief. Daran, dass Evan im Bootshaus vergeblich auf mich gewartet und nur meinen Brief vorgefunden hatte, wollte ich erst recht nicht denken.

Ich war wieder in den alten *feige-Anna-Modus* verfallen und hatte in der Hoffnung, dass sich all meine Probleme von selbst lösten, wenn ich nur lange genug so ausharrte, den Kopf in den Sand gesteckt.

»Dich in Ruhe lassen? Kann ich nicht. Werde ich nicht. Du steckst in irgendeinem Dilemma, und ich schaue ganz sicher nicht stumm dabei zu. Solltest du nicht reden, muss ich dich leider bitten, mein Haus zu verlassen.« Frances zuckte ungerührt mit den Schultern, als ich entsetzt zu ihr blickte. Das meinte sie doch wohl nicht ernst! »Spaß macht mir das nicht, meine Süße, aber wenn ich dir anders nicht beikommen kann …«

Ich fing an zu weinen und schlug die Hände vors Gesicht. Frances setzte sich neben mich und zog mich mit einem tröstenden Laut in ihre Arme. Sie hielt mich fest umschlungen und wiegte mich wie ein kleines Kind sanft hin und her, während ich ihr stotternd und immer wieder von heftigen Schluchzern unterbrochen alles erzählte.

Angefangen von jener ersten Nacht mit Evan vor mehr als einem Jahr und endend mit der schrecklichen Auseinandersetzung mit meinem Dad. Nichts ließ ich aus. Frances war der erste Mensch, dem ich sämtliche Fakten anvertraute und bei dem ich nichts beschönigte oder bewusst wegließ.

»Oh meine Kleine«, murmelte Frances, als ich verstummte. »Jetzt wundert es mich gar nicht mehr, dass du völlig neben der Spur bist«, wisperte sie mit belegter Stimme. »Dass mein Bruder so in der Kirche … in seinem Glauben verfangen ist, dass er zu körperlicher Gewalt greift … ich … das macht mich sprachlos«, stammelte sie.

»Das war das erste Mal, dass er die Hand gegen mich erhoben hat«, beeilte ich mich, meinen Dad in Schutz zu nehmen. »Ich denke, er hat einfach die Kontrolle verloren, weil ich ihn so schockiert habe«, verteidigte ich ihn weiter. Er war trotz allem immer noch mein Vater und ich liebte ihn. »Er hat sich am Flughafen bei mir dafür entschuldigt.«

Dass seine Entschuldigung gleichzeitig mit dem neuerlichen Vorwurf gespickt war, dass *ich* ihn mit meinem unsittlichen Verhalten überhaupt erst so weit getrieben hatte, ließ ich unter den Tisch fallen.

Mein Herz klammerte sich nach wie vor an die Hoffnung, dass er zur Vernunft kommen würde. Dass meine Abwesenheit zu Hause ihm die nötige Zeit und Ruhe geben würde, um einzusehen, dass ich kein anderer Mensch war, bloß weil ich keine Jungfrau mehr war. Ich brauchte diesen Strohhalm, um nicht völlig vor Angst und Sorge darüber verrückt zu werden, wie es für mich weitergehen sollte, wenn er kein Einsehen hatte und mich verstieß.

»Und Evan?«, fragte Frances und riss mich so aus meinen Grübeleien. Sie lehnte sich zurück, nahm mein Gesicht in ihre Hände und strich mir mit den Daumen die Tränen weg. »Der erste Mann ist immer etwas Besonderes, egal, ob das mit ihm Erlebte positiv oder eher negativ gewesen ist.« Sie sah mich prüfend an.

Ich errötete bei der Erinnerung an die Nacht im

Bootshaus und fing automatisch an zu lächeln. Evan hatte mir ein unvergleichliches erstes Mal geschenkt, das konnte ich nicht leugnen. Seine Erfahrung hatte dafür gesorgt, dass ich im Gegensatz zu Lily nichts Schlechtes über meinen ersten Sex sagen konnte.

»Es war wunderschön«, flüsterte ich. »Beide Male«, setzte ich leise nach und verstummte dann, zunehmend beschämt darüber, dass ich Evan schon wieder so mies behandelt und ihm nicht einmal eine persönliche Erklärung zugestanden hatte. »Aber er ist so viel älter als ich, und er wirkt nicht wie ein Mann, der etwas Festeres möchte … und da ist auch Lily. Sie ist meine beste Freundin und ich glaube nicht, dass sie begeistert wäre, wenn ich was mit ihrem Bruder anfange.«

Frances musterte mich mit einem liebevollen Lächeln. »Ich höre nur, was die *anderen* deiner Meinung nach wollen oder eben auch nicht wollen könnten.« Sie strich mir sanft über die Wange. »Aber wo bist du denn in all dem? Es geht hier weder um deine Eltern, noch um Evan oder um Lily. Letztlich solltest du *dich* an die erste Stelle setzen und dich fragen, was *du* eigentlich willst. Ob nun mit Evan oder irgendwann mit einem anderen Mann, weil …« Sie stockte, weil es plötzlich an der Tür klingelte. »Einen Moment«, bat sie mich, erhob sich und verließ die Küche.

Ich griff nach einem der mittlerweile abgekühlten Brötchen und wollte es gerade aufschneiden, als ich eine mir nur zu bekannte Stimme vernahm.

Evan.

Mitten in der Bewegung erstarrte ich und lauschte angestrengt.

»… ich würde gern mit Anna sprechen«, hörte ich ihn sagen.

Das Frühstücksbrötchen fiel aus meiner Hand auf den Teller. Mein Herz schlug schneller und meine Atmung beschleunigte sich, während die in mir hochkochenden Emotionen sich quasi im Sekundentakt abwechselten.

»Anna, Liebes, kommst du bitte mal?«, rief meine Tante mich.

Ich räusperte mich mehrmals, während ich aufstand und mich auf den Weg zur Haustür machte. Evans bloßer Anblick trieb meinen Puls in neue, schwindelerregende Höhen, und als er zu lächeln anfing, setzte mein Herzschlag für einen Moment lang aus.

»Ich lasse euch dann mal allein«, verkündete meine Tante und drückte im Vorbeigehen kurz meine Hand.

Sehnsüchtig sah ich ihr nach, bis sie in der Küche verschwunden war, und wandte mich erst dann wieder Evan zu.

»Du hättest nicht herkommen sollen«, wisperte ich und das Lächeln auf seinen Lippen erstarb langsam.

So sehr sich ein Teil von mir freute, dass er mir hinterhergeflogen war, da waren auch die Stimmen in meinem Inneren, die mir davon abrieten, das mit ihm auf irgendeine Art und Weise fortzusetzen. »Ich habe dir in dem Brief erklärt, warum ich …« fuhr ich fort, aber Lilys Bruder unterbrach mich.

»*Du* hast dich erklärt, ja. Mir dagegen hast du

nicht die geringste Chance gelassen, überhaupt irgendwas dazu zu sagen. Zum *zweiten* Mal, Anna«, warf er mir wütend vor und ich zuckte zusammen. »Letztes Jahr habe ich dir dieses Verhalten durchgehen lassen, doch jetzt bin ich nicht gewillt, es dir wieder so einfach zu machen.«

Ich atmete scharf ein. »Es mir einfach zu machen?!«, fauchte ich. »Du glaubst, das alles hier ist *einfach* für mich?!« Ich trat einen Schritt vor, stemmte die Hände in die Seiten und baute mich vor ihm auf. »Mein Dad hasst mich, weil ich ihn wie noch nie zuvor in meinem Leben enttäuscht habe. Er droht mir damit, mich zu verstoßen, wenn ich nicht zur Besinnung komme. Du hast doch keine Ahnung, was das für mich bedeutet, geschweige denn, dass du es überhaupt verstehen würdest!«, schnauze ich ihn an.

Evan war jedoch nicht im Mindesten beeindruckt und schnaubte genervt. »Ja, ich habe keinen blassen Schimmer, was das für dich heißt und ja, ich kann null nachvollziehen, dass du dich von deinen Eltern so gängeln lässt. Du bist eine erwachsene Frau, die ihre eigenen Entscheidungen treffen sollte, verdammt noch mal. Aber stattdessen lässt du dir permanent vorschreiben, was du zu tun und zu lassen hast!«, blaffte er zurück. »Du hast nicht den Arsch in der Hose, deine Wünsche durchzusetzen, sondern ziehst jedes Mal, wenn es drauf ankommt, feige den Schwanz ein und rennst wie ein kleines Kind davon!«, redete er sich offenbar in Rage. »Du versteckst dich hinter deinen Eltern, eurem Glauben und versuchst, dich so durchzulavieren, ohne Verantwortung für dein

Handeln zu übernehmen!«

Ich rang nach Luft und sah erschüttert zu ihm auf.

So sah Evan mich?!

Das tat weh.

Verflucht weh.

Doch im Grunde genommen konnte ich nicht sagen, warum mich seine Vorwürfe so trafen. Wären sie völlig haltlos, sollten sie an mir abprallen. Verletzten mich seine Worte so, weil ich tief in mir wusste, dass er Recht hatte? Dass ich exakt das tat, was er mir vorhielt?

»Anna … verdammt«, raunte Evan und holte mich so zurück in das Hier und Jetzt. »Was machen wir hier?! Ich wollte eigentlich in Ruhe mit dir reden und dich nicht gleich so anfahren«, stimmte er einen versöhnlicheren Tonfall an. »Können wir die letzten Minuten vielleicht einfach strei…«

»Du solltest gehen«, unterbrach ich ihn in eisigem Tonfall und verschränkte die Arme vor der Brust. »Ernsthaft. Seien wir doch mal ehrlich, im Prinzip hast du dir die Antwort auf dein *Was machen wir hier* doch schon gegeben. Das alles führt zu nichts, weil ich ein dummes, unreifes Kind bin, das nicht weiß, was es will.«

Evan schnappte nach Luft. »Du drehst mir …«

Ich machte einen Schritt nach hinten und legte meine Finger auf die Türklinke. »Nein. Flieg wieder nach Hause.« Mit diesen Worten schob ich die Tür zu. Das charakteristische Geräusch des einrastenden Schlosses hallte ohrenbetäubend laut in meinem Kopf wider. Aufschluchzend schoss ich herum und an meiner soeben aus der Küche tretenden und mich entgeistert anblickenden Tante vorbei die Treppe hinauf in mein Gästezimmer. Weinend warf ich mich auf das Bett und vergrub den Kopf in meinem Kissen.

Ich hatte keine Ahnung, wie lange ich so dalag und weinte. Irgendwann ging die Tür auf und Frances setzte sich mit einem Seufzen zu mir auf die Bettkante. Sie legte eine Hand auf meinen Rücken und streichelte mich mit ruhigen, kreisenden Bewegungen.

»Anna, Liebes, ich sage dir das nicht gern, aber das gerade hast du gründlich vermasselt«, ergriff sie schließlich das Wort. »Seine Vorwürfe waren berechtigt, doch du hast um dich gebissen wie ein fieser, kleiner Zwergdackel«, murmelte sie.

»Fieser, kleiner Zwergdackel?!«, presste ich unter Schluchzern hervor und Frances lachte leise.

»Ich habe mich kurz mit Evan unterhalten und ihm entlocken können, in welchem Hotel er abgestiegen ist. Sei ein kluges Mädchen, wisch dir die Tränen vom Gesicht und geh zu ihm.«

Erschrocken rappelte ich mich hoch und blickte zu meiner Tante.

»Ich weiß nicht, ob ich das kann«, wisperte ich. »Ich habe mich so unmöglich benommen und ihm jetzt noch einmal unter die Augen zu treten …« Bei der bloßen Vorstellung schnürte sich meine Kehle zu.

»Er wird nicht wiederkommen. Wenn du nun nicht den ersten Schritt machst, war es das, Anna«, hielt meine Tante mir die Realität vor Augen. »Wenn du das möchtest, fein. Aber sollte dem nicht so sein, kann ich dir nur raten, deinen Arsch in dieses Hotel zu bewegen.«

Sie tätschelte mir aufmunternd die Wange. »So regeln Erwachsene das, meine Kleine. Sie stehen für ihre Fehler ein und entschuldigen sich vor allem dafür.«

KAPITEL 12

ANNA

Der Mann an der Rezeption hatte mir gesagt, dass Evan sich zurzeit in der hoteleigenen Bar aufhielt. Ich war höllisch nervös und hatte keine Ahnung, was ich sagen sollte, wenn ich ihn endlich gefunden hatte. Doch Frances Hinweis, dass Evan nicht mehr von sich aus das Gespräch mit mir suchen würde, hatte mich her getrieben.

Ich betrat die Hotelbar und sah mich suchend nach ihm um. Meine Augen weiteten sich geschockt und mein Herz zog sich zusammen, als ich ihn an der Theke entdeckte - knutschend und fummelnd mit irgendeiner billigen Tussi, die an seinem Hals hing. Irgendetwas in meinem Kopf hakte bei diesem Anblick aus. Wutentbrannt hastete ich auf die beiden zu und ließ meine Hand auf Evans Schulter sausen, als ich bei ihnen angekommen war.

»Was zur Hölle?!«, blaffte er und drehte sich zu mir um. »Anna?!« Seine Miene verschloss sich und der Ausdruck in seinen Augen wurde so kühl, dass ich unwillkürlich erschauderte.

»Ja, Anna!«, schnauzte ich zurück. »Was soll das?!«

Außer mir vor Eifersucht deutete ich auf die Schlampe neben ihm, die sich prompt noch enger an ihn schmiegte und tatsächlich die Frechheit besaß, ihre Lippen auf seinen Hals zu pressen, während sie mich verschlagen anblickte.

»Evan, wer ist diese hysterische Kuh?«, fragte sie und lächelte mich so herablassend an, dass mir endgültig alle Sicherungen durchbrannten. Ich griff nach Evans Scotch-Glas und schüttete den Inhalt mit einer schnellen Bewegung in ihr Gesicht, was die Botox-Schnalle entrüstet aufschreien und Evan nach meinem Handgelenk greifen ließ.

»Lass mich los!«, zischte ich ihn an und befreite mich mit einem heftigen Ruck aus seiner Umklammerung. »Eigentlich bin ich hergekommen, um mit dir zu reden, aber …« Ich quietschte erschrocken auf, weil Evan sich erhob, meine Hand erneut packte und mich hinter sich aus der Bar zog, ohne auf den verwirrten Protest seiner Eroberung zu achten. »Du mieser Scheißkerl, lass mich sofort los!«, fauchte ich.

»Halt den Mund!« Evans Tonfall war so angefressen, dass ich tatsächlich verstummte, bis wir an den Aufzügen angekommen waren.

»Ich bin hergekommen, um mit dir zu reden, aber das hat sich jetzt erledigt!«, motzte ich und versuchte wieder, mich zu befreien.

Die Fahrstuhltüren öffneten sich und Evan schubste mich förmlich in die Kabine. »Komm von deinem hohen Ross runter, Anna!«, herrschte er mich an. »Verlobung gegen Fummeln und Knutschen, ich würde sagen, wir sind quitt!«, setzte er nach, fixierte mich mit seinem Blick und drängte mich gegen die Rückwand des Fahrstuhls. »Wenn man es ganz genau nimmt, liegst du sogar deutlich in Führung, was unmögliches Verhalten angeht.«

Ich sog scharf die Luft ein. »Wie bitte?!«, piepste ich, eingeschüchtert von seinem harten Auftreten sowie seiner imposanten körperlichen Erscheinung.

So außer sich wie jetzt hatte ich Evan noch nie

erlebt, und diese Wut veränderte seine komplette Präsenz. Hatte ich sonst immer das Bedürfnis verspürt, mich an seine breite Brust zu kuscheln, wollte ich nun am liebsten mit der Kabinenwand verschmelzen, um ihm zu entkommen.

»Muss ich dein Gedächtnis wirklich auffrischen?! Erst die Nummer, die du im letzten Jahr nach unserem ersten Mal abgezogen hast. Dann die *erwachsene* Art und Weise, in der du dich nach dem zweiten Mal davongestohlen hast, vorhin dein Verhalten bei deiner Tante und nun dieser eifersüchtige Auftritt in der Bar?!« Er machte einen Schritt auf mich zu und ich drückte mich noch enger an die Fahrstuhlwand. »Zu dem du übrigens kein Recht hattest, um das mal ganz klar zu sagen, Anna Gilmore.« Er verschränkte die Arme vor seinem Oberkörper und blickte weiterhin starr und einschüchternd auf mich hinab. »Du hast mich weggeschickt. Mir gesagt, dass ich wieder nach Hause fliegen soll. Und jetzt führst du dich auf, als hättest du irgendwelche Besitzansprüche?!«

Mein Blut rauschte so heftig durch meine Venen, dass meine Ohren dröhnten und mein Herz hämmerte derart schnell in meiner Brust, dass mir schwindelig wurde.

»Ich …«, krächzte ich und stockte, weil der Fahrstuhl stoppte und sich die Türen öffneten.

Evan packte mich wieder am Handgelenk und zerrte mich über den Flur bis zu seinem Hotelzimmer hinter sich her. Ein älteres Ehepaar, das uns entgegenkam, musterte uns irritiert, blieb jedoch stumm. Nachdem er die Tür aufgesperrt hatte, stieß er mich in das Zimmer und folgte mir.

»Ich habe nicht mit Andrew geschlafen!«, verteidigte ich mich mit dem erstbesten Satz, der mir durch den Kopf geschossen war. »Aber du hättest es mit dieser Botox-Schlampe getrieben, wenn ich nicht aufgetaucht wäre!«, warf ich ihm anklagend vor.

»Verdammte Scheiße, Anna, natürlich hätte ich das! Du hast mir deutlich signalisiert, dass du mich nicht hier haben willst. Ja, ich wollte meinen Frust ertränken und wegficken, und wärst du nicht hereingeplatzt, würde ich auch genau das jetzt tun.«

Evans Miene veränderte sich und mein Puls beschleunigte sich erneut, sofern das überhaupt möglich war.

Diesen Ausdruck in seinen Augen kannte ich: Ungefilterte sexuelle Gier.

So hatte er mich beide Male angesehen, bevor wir miteinander geschlafen hatten.

Er bewegte sich auf mich zu und instinktiv wich ich zurück.

»Provozier mich besser nicht. Ich bin so angepisst und wütend, dass ich versucht bin, den Drecksack in mir von der Leine zu lassen. Und damit meine ich den Teil von mir, den du bisher aufgrund deiner Unerfahrenheit noch *nicht* kennengelernt hast.«

Ich rang nach Atem und mein Herzschlag geriet vollkommen aus dem Takt bei dem bloßen Gedanken daran, was er mit mir tun könnte.

»Evan«, hauchte ich nervös, als er noch näher kam. »Bitte«, flehte ich, doch er schüttelte nur mit dem Kopf.

»Die Nummer zieht heute nicht bei mir.«

Was?! Das hatte *immer* gezogen!

»Aber …«, stammelte ich und keuchte, als er mich mit seinem Körper gegen die Wand presste, mit einer Hand in meine Haare fuhr und seinen Mund auf meinen drückte.

Ich stieß einen erleichterten Laut aus, weil er nicht nach *ihr* schmeckte. Die Angst davor, sie auf seinen Lippen wahrzunehmen, hatte mich fest in ihren Klauen gehabt, doch da war nur Evan, vermischt mit einem Hauch des Scotchs, den er getrunken hatte.

Er küsste mich leidenschaftlich und so ungezügelt, dass allein dadurch mein Höschen bereits feucht wurde. Mein Herz raste, als er meine Handgelenke packte, sie mit einer Hand über meinen Kopf pinnte und mich mit seinem Körper noch fester gegen die Wand drückte. Ohne Umschweife öffnete er meine Jeans und glitt mit seinen Fingern in meinen Slip, was mich verzückt aufstöhnen ließ.

»Du kleines, geiles Luder«, raunte er an meinen Lippen, als seine Hand auf meine Scham traf. Erstickt keuchend wand ich mich und stieß einen protestierenden Laut aus, weil er ohne große Vorbereitung zwei Finger in mich schob und mich dabei grob küsste. »Du hast mir die Tour vermasselt und jetzt nehme ich mir von dir, was ich mir sonst bei ihr geholt hätte«, zischte er dominant - und Himmel, ich fand das heiß! Verlor ich nun vollends den Verstand?!

Was Evan in diesen Sekunden mit mir tat, sprach gegen sämtliche meiner Prinzipien und Grundsätze, doch ich konnte nicht leugnen, dass mein Körper erregt darauf reagierte.

Sein Handballen übte Druck auf meine Klit aus und ich seufzte entzückt seinen Namen. Ein leiser Schmerzensschrei entwich mir, weil Evan meine Handgelenke über meinem Kopf noch fester umfasste, aber gleichzeitig gefiel mir genau das. Niemals hätte ich gedacht, dass ich es mögen würde, mich ihm so auszuliefern.

Ob es das war, was Lily fühlte, wenn sie sich Cage unterwarf?

»Bitte«, flehte ich, als Evan sich von mir löste und seine Finger aus mir zurückzog.

»Zieh dich aus«, befahl er mir und befreite sich seinerseits von seinem Sakko, seinem Hemd sowie dem Unterhemd.

Ich stand immer noch gegen die Wand gelehnt und starrte ihn an wie das sprichwörtlich paralysierte Kaninchen.

»Anna, mein Geduldsfaden ist heute quasi nonexistent, also raus aus den Klamotten!«, blaffte er mich an und ich zuckte angesichts seines herrischen Tonfalls zusammen. »Jetzt!«

Wollte ich das hier wirklich?

Vertraute ich ihm genug, um mich darauf einzulassen?

Was war, wenn Evan meine Grenzen nicht erkannte?

Wenn das, was zwischen uns geschah, zerstörte, was bisher gewesen war?

Sein Gesicht blieb hart und verschlossen, doch der Ausdruck in seinen Augen wurde für einen Moment lang weich, und das war es, was ich sehen musste.

Der Mann vor mir war immer noch *mein* Evan.

Hastig befreite ich mich von meiner Kleidung und machte dann einen Schritt auf ihn zu, was ihn scharf einatmen ließ.

»Stehenbleiben. Umdrehen.« Seine Miene wurde schmutzig und verdorben, als er seine Gürtelschnalle öffnete und den Gürtel aus den Schlaufen zog.

»Willst du … willst du …«, stammelte ich und atmete einmal tief durch. »Willst du mich damit schlagen?!«, wisperte ich, nun doch erschüttert, weil *das* definitiv über meine Grenzen ging.

»Um Gottes willen, Anna«, antwortete Evan verblüfft und schüttelte mit dem Kopf. »Fesseln. Ich möchte dich *fesseln*.« Er überbrückte den Abstand zwischen uns, legte seine Hand an meine Wange und strich mir mit dem Daumen über das Gesicht. Evan gab mir einen winzigen Moment zum Durchatmen. »Dreh dich um, Honey«, flüsterte er und sah mir tief in die Augen.

Mein Schoß pochte bei der bloßen Vorstellung, dass er mich fesseln würde, vor Lust. Ich wandte ihm den Rücken zu und schnappte aufgeregt nach Luft, als er meine Hände nach hinten nahm und sie fest zusammenband. Er dirigierte mich in Richtung des Bettes und schubste mich mit dem Bauch voran auf die Matratze. Mit einem Griff um meine Taille und einem geraunten Befehl brachte er mich dazu, meine Knie anzuziehen, sodass ich mich ihm quasi mit in die Höhe gestrecktem Hintern nahezu schamlos präsentierte. Das leise Rascheln hinter mir ließ mich vermuten, dass er sich ganz auszog.

Wenige Sekunden später war Evan über mir und

ich keuchte, als seine nackte und heiße Haut auf meine traf. Sein Körper hüllte mich ein und ich hatte das Gefühl, ihn überall zu spüren, obwohl er gar nichts weiter tat, als ruhig hinter mir zu stehen.

»Weißt du eigentlich, wie geil mich allein deine Hautfarbe macht?«, raunte er an meinem Ohr und ich erstarrte. »Dieses unschuldige blasse Weiß lässt deinen Körper noch zerbrechlicher wirken«, murmelte er und strich mit seinen Händen über meine Seiten, nach vorne zu meinen Brüsten. »Beim letzten Mal habe ich mir vorgestellt, wie dein Arsch wohl aussehen würde, wenn ich ihn ein bisschen … bearbeite.«

Ich bockte unter ihm auf und er lachte leise.

»Dachte ich mir, dass dir die Vorstellung gefällt. In dir steckt ein verdorbenes Biest und ich denke, einen Teil davon werde ich mir heute holen.«

Wie bitte?!

Er zwirbelte meine Nippel zwischen seinen Fingern, zupfte an ihnen und das kehlige Stöhnen, das ich von mir gab, klang so gar nicht nach mir. »Mehr«, flehte ich und Evans harter Schwanz an meinem Oberschenkel zuckte.

Ich seufzte enttäuscht, als er den Körperkontakt zwischen uns unterbrach, nur um Sekunden später erschrocken aufzuschreien, weil seine Hand auf meinen Hintern klatschte. Der Schmerz raste durch meine Nervenbahnen und elektrisierte mich auf eine Art und Weise, die ich nicht für möglich gehalten hatte. Ich war immer überzeugt davon gewesen, dass mich so etwas nicht antörnen würde, doch jetzt musste ich mir eingestehen, dass das Gegenteil der Fall war.

Ich presste meinen Mund auf das Kissen unter mir, um mein eigenes Stöhnen zu dämpfen, als der nächste Schlag meine Kehrseite traf. »Oh Gott, Evan«, wimmerte ich und biss mir auf die Innenseite meiner Wange, weil er wieder zwei Finger in mich schob und sie in einem sinnlich-intensiven Rhythmus in mir bewegte.

»Heilige Scheiße.« Seine Stimme klang heiser und belegt. »Du bist so nass, das bringt mich um meinen verfickten Verstand.« Er glitt mit seiner Zunge über meinen Rücken und ließ mich immer wieder seine Zähne spüren. Jeden zärtlich-groben Biss quittierte ich mit einem lustvollen Keuchen und ohne dass ich etwas dagegen tun konnte, drückte ich mich Evans Fingern in mir noch entgegen.

»Evan, bitte«, bettelte ich und protestierte empört, als seine Bewegungen erlahmten und er aufhörte, mich zu stimulieren.

»Sprich es aus, Anna.« Er brachte seinen Mund an mein Ohr. »Und ich möchte jetzt nicht die wohlgesittete Bienchen-und-Blümchen-Version hören.«

Wie bitte?!

Wohlgesittete Bienchen-und-Blümchen-Version?!

»Du blöder Arsch«, fluchte ich, doch meine Stimme hatte einen so wollüstigen Unterton, dass ich meine eigenen Worte Lügen strafte.

»Ist ein Anfang, aber noch nicht so ganz das, worauf ich hinauswollte«, neckte er mich mit einem leisen Lachen und krümmte seine Finger in mir.

»Verdammt, fick mich endlich!«, fauchte ich und

hätte ich gekonnt, hätte ich anschließend erschrocken die Hand vor meinen Mund gehalten.

Oh Gott.

Hatte ich tatsächlich …?!

So vulgär hatte ich mich noch nie zuvor ausgedrückt.

Evan zog seine Finger aus mir zurück und positionierte sich hinter mir. Mit einem einzigen harten Stoß versenkte er sich bis zum Anschlag in mir und ich schrie auf.

Er gab mir keine Zeit, mich an ihn zu gewöhnen, sondern nahm sofort einen schnellen, intensiven und mir alles abverlangenden Takt auf. Verrückt vor Lust wand ich mich unter ihm und versuchte, mich seinen Bewegungen trotz der fixierten Hände auf meinem Rücken anzupassen.

Evans Finger klatschten erneut auf meinen Hintern, was mich einen Fluch ausstoßen ließ. Sanft, ganz gegensätzlich zu seinem vorhergehenden Schlag, strichen seine Fingerkuppen über meinen Po, während er tief in mir verharrte. Ich hielt die Luft an, als ich seinen Finger an meinem Anus spürte.

»Was machst du da?!«, piepste ich erschrocken und stöhnte, weil er mit seiner anderen Hand von vorn zwischen meine Beine fuhr und erneut dazu überging, meinen Kitzler zu reizen. »Oh Gott!« Langsam und mit kreisenden Bewegungen massierte er den Muskelring und erhöhte nach und nach den Druck seines Fingers. »Bitte … ich … oh … bitte«, stammelte ich und verlor mich völlig in der Lust und Leidenschaft, die Evan in mir auslöste.

Er fing wieder an, mich mit harten und zielgerichteten Stößen zu nehmen, nicht ohne unablässig meine Klit zu stimulieren. Gerade, als die ersten Wellen meines Höhepunktes über mich hinwegschwappten, schob Evan seinen Finger in meinen Anus und ich zerfiel in tausend Scherben.

Mein ganzer Körper zuckte und bebte, als mein Orgasmus mit der Gewalt eines Feuersturms über mich hinwegfegte. Meine Scham pochte und pulsierte beinahe unerträglich und ich flehte Evan an, aufzuhören, weil der Reiz auf meinem Lustzentrum zu viel war, doch er zeigte keine Gnade.

»Schenk mir noch einen, Anna«, keuchte er rau an meinem Ohr, erhöhte den Druck und fickte mich noch erbarmungsloser als zuvor. »Jetzt«, befahl er und ich verlor mich beinahe augenblicklich in einem zweiten, so intensiven Höhepunkt, dass ich das Gefühl hatte, ohnmächtig zu werden.

Nur wie aus weiter Ferne nahm ich wahr, dass Evan noch ein paarmal kräftig in mich stieß und dann erstarrte. Er sackte auf mir zusammen und wie beim letzten Mal genoss ich das Gefühl seines Körpergewichts auf mir. Meine Haare klebten mir im Gesicht und ich schwitzte, als hätte ich einen anstrengenden Sprint hinter mir.

Evan biss mich zärtlich in den Nacken und lachte, als ich unter ihm bockte. »Zweite Runde unter der Dusche, du eifersüchtige Hexe?«, fragte er mich wenige Augenblicke später und zog sowohl seinen Finger als auch seinen Schwanz aus mir zurück.

»Du kannst mir doch nicht einfach ungefragt deinen Finger in den Hintern stecken?!«, blaffte ich ihn in einer Art Übersprunghandlung an, weil mich das soeben Geschehene überwältigte.

Evan lachte dreckig, löste den Gürtel um meine Handgelenke und beugte sich über mich. »Sei froh, dass es *nur* mein Finger war - und davon abgesehen, bist du abgegangen wie verrückt. Du willst mir jetzt nicht ernsthaft weismachen, dass dir das nicht gefallen hat, oder?«

Was?!

Hatte er mir gerade unterschwellig angedroht, dass er …?!

»Ja, meine süße Anna, du hast richtig gehört«, drang seine Stimme in meine Gedanken.

Hatte ich etwa laut gesprochen?!

»Zeig mir einen Kerl, der diesen Prachtarsch nicht haben möchte«, raunte er mir amüsiert zu, tätschelte meinen Hintern und lachte nur über mein Schnaufen. »Aber bevor ich mir deinen Arsch nehme, will ich erst einmal deinen süßen Mund.«

Oh Gott!

Hitze schoss mir in die Wangen. Evans unverblümte Worte katapultieren mich hinaus aus meiner Wohlfühlzone und direkt in unbekanntes Neuland, doch ich konnte nicht leugnen, dass ich die Vorstellung nicht nur beängstigend, sondern eben auch erregend fand.

»Entspann dich, Anna, nichts davon muss heute passieren«, nuschelte er an meiner Haut. »Lass uns duschen gehen, ja?«

Scheinbar war seine Wut auf mich verraucht und ich beschloss, dass es das Beste war, die Dinge, die zwischen uns im Argen lagen und die ich verbockt hatte, erst morgen früh anzusprechen. Lächelnd drehte ich mich zu ihm um und drückte einen Kuss auf seine Lippen. Wieder einmal dachte ich darüber nach, wie oft ich mir gewünscht hatte, dass ich eine Chance bei dem Bruder meiner besten Freundin haben könnte.

»Wie geht es dir eigentlich damit, dass Lily und Cage ein Paar sind?«, fragte ich unvermittelt, weil mir dieser Gedanke plötzlich in den Kopf schoss. Dass Evan diesen Umstand bisher gar nicht thematisiert hatte, verwirrte mich. Noch mehr irritierte mich jedoch sein schallendes Lachen.

»Die sind kein Paar. Das ist nur eine Fake-Beziehung, damit Cage positive Publicity bekommt und wir Sponsoren an Land ziehen können«, erklärte er mir zwischen zwei Lachern und erhob sich dann. »Glaubst du etwa, Lily könnte ernsthaft was mit Cage anfangen?!«, setzte er immer noch lachend nach und verschwand im Bad. »Immerhin scheint an ihr echt eine Schauspielerin verloren gegangen zu sein. Wenn sogar *du* ihr diesen Bullshit abkaufst … wundert mich eigentlich, dass sie dir nicht die Wahrheit gesagt hat«, rief er. Wenige Sekunden später hörte ich das Rauschen der Dusche. »Kommst du, Honey, oder muss ich dich holen?«

»Ich bin schon auf dem Weg«, erwiderte ich, nach wie vor fassungslos. Mir war eben richtig übel geworden, weil Lily mir die klitzekleine Tatsache verschwiegen hatte, dass ihr Bruder vollkommen ahnungslos über die wahre Natur ihrer Beziehung zu Cage war.

Um ein Haar hätte ich die beiden mit meiner unbedachten Frage auffliegen lassen. Kopfschüttelnd stand ich auf und runzelte die Stirn, als mir klar wurde, wie weh Evan es tun würde, wenn er irgendwann die Wahrheit erfuhr.

Und wie weh es Lily tun würde, wenn sie erfahren würde, dass ich sie gestern angelogen hatte. Die Cavanaugh-Geschwister fuhren ungebremst auf einen emotionalen Orkan zu, wenn alle Lügen aufflogen, würde die Luft brennen.

KAPITEL 13

EVAN

Nachdenklich blickte ich zu Anna, die nach wie vor auf dem Bauch liegend schlief und leise schnarchte. Schmunzelnd beugte ich mich zu ihr und strich ihr die Locken aus dem Gesicht. Sie stieß ein Murren aus und bewegte sich kurz, wachte aber nicht auf.

Dass sie gestern hier aufgetaucht war, hatte mich völlig überrumpelt. Damit hätte ich im Leben nicht gerechnet. Eigentlich hatte ich nach dem Besuch bei ihrer Tante einen Haken hinter diese Sache gemacht, immerhin war Anna sehr deutlich gewesen. Mit einem Grinsen dachte ich an Amber, die mir danach noch hinterhergestürzt war, ein gutes Wort für ihre Nichte eingelegt und mir den Namen meines Hotels entlockt hatte. Gut, *entlockt* ist etwas zu nett ausgedrückt. Sie hätte mich ohne diese Info schlicht nicht gehen lassen.

Anna befand sich in einem Zwiespalt, den ich nur in Ansätzen nachvollziehen konnte, wenn überhaupt. Unsere Eltern hatten sowohl Lily als auch mich sehr liberal erzogen, uns in unseren Entscheidungen unterstützt und nie versucht, uns vorzuschreiben, wie wir unser Leben führen sollten.

Sicher, mit allem waren sie nicht einverstanden. Mein unsteter und lockerer Lebenswandel gefiel ihnen nicht, aber sie hielten sich raus und gaben mir nie das Gefühl, dass sie mich deswegen weniger liebten oder gar verachteten.

Sie respektierten mich - etwas, das Annas Eltern meinem Eindruck bei ihr nach nicht taten. Scheiße, sie liebten sogar Cage. Selbst jetzt noch, wo sie annahmen, dass er und Lily ein Paar waren und sie beinahe jeden seiner zahllosen Skandale mitbekommen hatten. Meine Eltern waren das komplette Gegenteil von Annas.

»Wie lange bist du schon wach?«, ertönte plötzlich Annas verschlafen klingende Stimme neben mir. Verlegen lächelnd sah sie zu mir auf. »Ich habe geschlafen wie eine Tote.«

Ich lachte amüsiert. »Ich habe es gehört.« Grinsend drückte ich einen kurzen Kuss auf ihren Schmollmund. »Da ich der erste Mann sein dürfte, neben dem du übernachtet hast: Du schnarchst«, setzte ich nach und zwinkerte ihr zu.

»Stell dir vor, du bist zwar der erste Mann, aber nicht der erste *Mensch*, neben dem ich geschlafen habe. Das hat Lily mir schon vor Jahren gesagt«, konterte sie trocken. »Ist also keine Neuigkeit für mich.« Sie setzte sich auf und wickelte die Bettdecke fest um sich. »Wie ich mich dir gegenüber gestern verhalten habe, tut mir leid«, murmelte sie und guckte mich mit großen, ernsten Augen an. »Ich habe mich unmöglich aufgeführt.«

Ich konnte nicht widerstehen, noch etwas nachzubohren. Die Vorlage, die sie mir bot, war einfach zu verlockend. »Was genau meinst du? Dein Benehmen bei deiner Tante, oder dein eifersüchtiger Auftritt in der Bar?«, frotzelte ich und grinste breit, als ein erbostes Funkeln in ihren Blick trat.

»Der eifersüchtige Auftritt war alles andere als grundlos!«, rechtfertigte sie sich. »Für den entschuldige ich mich sicher nicht!«, moserte sie weiter, während sie aufsprang und umständlich die Decke um ihren Körper festhielt.

»Anna, ich habe dich mehr als einmal nackt gesehen. Lass das Ding fallen«, befahl ich ihr. Zögerlich ließ sie die Bettdecke sinken und sah mich dabei unverwandt an. Als ich Anstalten machte, mich zu erheben, weiteten sich ihre Augen.

»Evan, ehrlich, ich bin … also ich … ich bin wund«, stammelte sie und schnaubte entrüstet, als ich schmutzig zu grinsen anfing.

»Wer sagt denn, dass ich Sex will?« Ich hatte Anna die vergangene Nacht zwei weitere Male gevögelt, zunächst unter der Dusche und anschließend noch einmal im Bett, ehe sie völlig erschöpft in meinen Armen eingeschlafen war. Wäre Anna nicht wund, hätte ich grundsätzlich nichts gegen eine Wiederholung, doch jetzt stand mir eigentlich der Sinn nach etwas anderem.

»Dein Blick. Der sagt, dass du Sex willst«, warf Anna mir vor, während sie ihre Unterwäsche vom Boden klaubte. »Ich würde gerne duschen gehen.« Ich wackelte mit den Augenbrauen, was sie entschieden mit dem Kopf schütteln ließ. »Allein.«

Fuck.

Ich hätte gegen eine weitere gemeinsame Dusche mit etwas Knutschen und Fummeln nichts einzuwenden gehabt. Andererseits hatten Anna und ich bisher kaum Zeit außerhalb des Betts miteinander verbracht. Wobei Bett relativ war, von letzter Nacht mal abgesehen. Klar, ich kannte sie schon ewig … aber irgendwie auch nicht. Wer Anna Gilmore als Mensch war, wusste ich nicht, weil ich mich nie mit ihr beschäftigt hatte.

»Ich würde heute gerne irgendwas mit dir machen, das nichts mit Sex zu tun hat. Etwas Normales«, erwiderte ich.

Alter Schwede, das klang jetzt aber verdammt nach einem Typen, der es ernst meinte. Also überhaupt nicht nach mir. Fuck.

Anna fing an zu lächeln und so schluckte ich den Kommentar, mit dem ich meine Aussage gerade ins Lächerliche hatte ziehen wollen, wieder hinunter. Den Eindruck eines Beziehungstypen konnte ich später immer noch revidieren.

»Kennst du New Orleans?«, fragte sie mich und brachte mich mit dem aufgeregten Unterton in ihrer Stimme zum Schmunzeln. Ich schüttelte mit dem Kopf. »Super, dann machen wir eine von diesen Touristentouren«, verkündete sie. Ich hob zweifelnd eine Augenbraue, das klang irgendwie reichlich spießig und langweilig. »Oh komm schon, ich schleppe dich sicher nicht auf eine der Standard- oder Seniorentouren. Es gibt da so eine Drunk-History-Tour, die ist garantiert witzig.«

Mit einem Seufzen ergab ich mich in mein Schicksal. »Okay. Klingt nett.«

Anna lachte leise, huschte auf Zehenspitzen in Richtung Bad und drehte sich an der Tür angekommen noch einmal um. »Nett ist die kleine Schwester von Scheiße, und das wird es bestimmt nicht. Wir werden Spaß haben.«

Mit diesen Worten verschwand sie im Badezimmer, schlug die Tür hinter sich zu und schloss doch tatsächlich ab.

»Was soll das denn?!«, rief ich verblüfft und hörte sie kichern.

»Sicher ist sicher!«, flötete sie. Wenig später vernahm ich das Rauschen der Dusche und ließ mich wieder zurück auf das Bett sinken.

Diese Version von Anna gefiel mir. Sie war nicht mehr so verkrampft. Im Gegenteil, sie schäkerte und flirtete mit mir und ich fand diese Kombination aus unverdorben und verführerisch verdammt heiß. Ich freute mich darauf, Zeit mit ihr zu verbringen und sie besser kennenzulernen. Vielleicht konnten wir dann auch noch einmal in Ruhe über die Situation bei ihr zu Hause reden. So schwer konnte es doch nicht sein, ihrem Dad zu sagen, dass er sich aus ihrem Leben raushalten sollte.

Dreieinhalb Stunden später musste ich zugeben, dass Anna Recht behalten hat. Ich hatte bei dieser Tour bisher so einiges über Piraten und Prostituierte erfahren und unter anderem einen ziemlich gruseligen Abstecher auf einen von New Orleans Friedhöfen gemacht. Irgendwann musste ich diese Führung mal mit Cage machen. Selbst dem würde das hier gefallen. Aber vielleicht nur als Privatführung. Zwar hatte er sich mittlerweile gebessert, aber meist war er immer noch ein sozial unverträglicher Pisser.

Der Guide hatte uns dort durch diverse Gewölbe geführt und uns unter anderem auch erklärt, dass es keine herkömmlichen Friedhöfe gab, weil New Orleans unterhalb des Meeresspiegels lag und der Boden dafür zu feucht war. Man nannte die Friedhöfe *Cities of Dead*, was meiner Meinung nach ebenso gut der Titel eines Zombie-Films hätte sein können.

Der Tourguide schleifte uns derzeit durch verschiedene Bars, in denen reichlich Alkohol floss, was dazu führte, dass mittlerweile sowohl Anna als auch ich nicht mehr ganz nüchtern waren. Ich hatte dieses kleine Aas ziemlich überrascht angestarrt, als sie ihren falschen Ausweis das erste Mal ohne mit der Wimper zu zucken gezückt hatte.

Plötzlich kam mir deutlich verspätet ein erschreckender Gedanke. »Hat Lily eigentlich auch so ein Ding gehabt?!«, fragte ich Anna, nachdem ich meinen Mund dicht an ihr Ohr gebracht hatte. »Einen gefälschten Ausweis«, erklärte ich, weil Anna mich nur ratlos anblickte.

»Als ob ich *dir* das erzählen würde«, gab sie zurück und schüttelte mit dem Kopf. »Du verwendest mein eventuelles Wissen nicht gegen deine Schwester. Vergiss nicht, dass ich dich kenne. Du bist ein schrecklich behütender großer Bruder.« Tadelnd hob sie ihren Zeigefinger und wedelte vor meiner Nase mit ihm herum. »Versuch also gar nicht erst, mich weiter auszuhorchen.«

Ich griff nach ihrer Hand und verschränkte meine Finger mit ihren, als der Führer uns aufforderte, ihm zum Shuttle zu folgen, das uns zur nächsten Sehenswürdigkeit bringen würde. Eine der ältesten Destillerien New Orleans, wo es neben einem Begrüßungscocktail eine Führung sowie zusätzliche Produktproben geben würde.

»Oh Gott, noch mehr Alkohol?«, brach es aus Anna hervor, die mir einen entsetzten Seitenblick zuwarf. »Ich bin schon so gut wie betrunken, noch ein bisschen, und du musst mich über deine

Schulter werfen und ins Hotel zurücktragen.«

Auflachend lehnte ich mich etwas zu ihr. »Dort angekommen würde ich mir dann nehmen, was du mir morgens vorenthalten hast«, raunte ich ihr heiser zu, was Anna mit einem empörten Schnauben quittierte.

»Wir wollten uns kennenlernen. Reden«, erinnerte sie mich an meinen verschissenen Vorsatz, sie heute *nicht* flachzulegen. »Das war übrigens *dein* Vorschlag«, bohrte Anna mit dem Finger weiter in der Wunde und lächelte mich zuckersüß an. »Ich persönlich hätte ja nichts dagegen, wenn wir später …« Sie verstummte und keuchte leise, als ich sie packte und mit meinem Körper gegen die nächstbeste Hauswand drängte.

Hektisch sah sie unserer sich entfernenden Gruppe hinterher, deren Schlusslicht wir bildeten. »Evan, wir verlieren sie, wenn wir jetzt nicht …« Was auch immer sie hatte sagen wollen, ich erstickte ihren Protest mit meinem Mund.

Anna seufzte und schlang ihre Arme um meinen Hals. Sie erwiderte meinen Kuss leidenschaftlich und gewährte mir Einlass, als ich mit meiner Zunge über ihre Unterlippe strich. Aufstöhnend presste sie sich an mich und drückte ihre kleinen, festen Titten gegen meinen Oberkörper.

Fuck.

Ich stand zwar auf Outdoor-Aktivitäten, doch *so* öffentlich musste es nicht sein. Mitten im French Quarter am helllichten Tag mit Anna herumzumachen, würde uns im beschissensten Fall eine Schlagzeile bescheren, die sie in nur noch größere Schwierigkeiten brachte. Ich selbst hatte kein Problem damit, doch ich wollte die Situation für sie nicht schlimmer machen, als sie ohnehin schon war. Und ich wollte Cage nicht als König der Skandale beerben.

Schweren Herzens löste ich mich von ihr, griff erneut nach ihrer Hand und zog sie mit mir. Schnell hatten wir wieder zur Gruppe aufgeschlossen. Anna umfasste meinen Arm mit ihrer freien Hand und schmiegte sich mit einem Lächeln an mich.

»Ich habe heute richtig viel Spaß, weißt du das?«, fragte sie mich und sah mich ernst an. »Dank dir«, schob Anna leise nach und legte ihren Kopf auf meine Schulter.

Heilige Scheiße.

Was war denn jetzt mit mir los?

Dieses süße, schwärmerische Lächeln, mit dem sie mich angesehen hatte, sorgte für ein merkwürdiges Gefühl in meiner Magengrube.

Cages Worte schossen mir in den Sinn. Hatte die Kirchenmaus, wie er sie immer nannte, mir tatsächlich den Kopf verdreht?!

»Ich habe ebenfalls Spaß«, murmelte ich geistesabwesend und spürte, wie sie meine Hand drückte. Wir bogen um die nächste Ecke und endlich kam dieser verfluchte Shuttlebus in Sichtweite. Der Guide einige Meter vor uns richtete das Wort an unsere Gruppe und sorgte so Gott sei Dank dafür, dass ich nichts mehr sagen musste.

Kurze Zeit später waren wir in der Destillerie angekommen. Den Begrüßungscocktail hatten wir bereits hinter uns, seitdem war Anna noch anhänglicher und kuschelte sich bei jeder sich bietenden Gelegenheit dicht an mich.

Wir befanden uns gerade in den Kellergewölben der Alkoholbrennerei und lauschten den wortreichen Ausführungen unseres Tourguides, der wie am Fließband Infos über die Produkte der Destillerie herunterratterte. Anna an meinem Arm stöhnte leise, als er uns zu einer weiteren Kostprobe führen wollte.

»Oh bitte, keinen Alkohol mehr«, nuschelte sie und zog an meinem Arm. »Du musst mich retten, Evan«, flehte sie energisch und stieß einen überraschten Laut aus, als ich sie mit mir in die Richtung zog, aus der wir gerade gekommen waren.

Ich drängte sie in eine dunkle Nische zwischen zwei hohe Regale, die uns dank der darin gestapelten Fässer zumindest ein wenig Sichtschutz boten. Anna sah aus großen Augen zu mir auf und seufzte rau, weil ich meine Hand an ihre Wange legte und mich zu ihr hinunterbeugte.

»Evan.« Nur mein verfickter Name in diesem eindeutig wollüstigen Unterton aus ihrem Mund und ich verlor auch das letzte bisschen Selbstbeherrschung.

Mit einem heiseren Stöhnen verschloss ich ihre Lippen und küsste sie voller Gier. Anna wimmerte unterdrückt, als ich ihre Unterlippe zwischen meine Zähne sog und unseren Kuss noch intensivierte.

»Wir können doch nicht … Evan, das geht nicht«, protestierte sie wenig überzeugend, als ich meine Hand unter ihr Oberteil schob und mit den Fingerspitzen über ihre nackte Haut strich. »Du wolltest anständig bleiben«, schimpfte sie und brachte mich so dazu, leise aufzulachen.

»Anna … du musst still sein, wenn du nicht willst, dass sie uns erwischen«, tadelte ich sie, ignorierte ihren Protest und glitt mit meinen Fingern zum Bund ihrer Jeans. Anna sog scharf die Luft ein, als ich den Knopf sowie den Reißverschluss ihrer Jeans öffnete, blieb jedoch stumm. »Ich kann nicht länger warten. Ich muss dich spüren.« Mit diesen Worten ließ ich meine Hand tiefer wandern. »Hier und jetzt.«

KAPITEL 14

ANNA

Mein Pulsschlag galoppierte mir förmlich davon, als Evan seine Finger in mein Höschen schob. Mein Verstand rebellierte, doch mein Verlangen nach dem, was Evan mit seinen Berührungen in mir auslöste, war größer. Mit einem Keuchen drängte ich mich seiner Hand entgegen und das Grinsen auf seinen Lippen wurde schmutzig.

»Ich hatte so eine Vermutung, dass dir der Nervenkitzel gefällt«, murmelte er, beugte sich zu mir herunter und drückte seinen Mund wieder auf meinen. Ich stöhnte in unseren Kuss und klammerte mich an ihn, als er seine Finger das erste Mal auf meiner Klit kreisen ließ. »Du bist nach wie vor zu laut, Honey«, raunte Evan und dämpfte mein neuerliches Stöhnen mit einem weiteren Kuss.

Irgendwo in der Ferne hörte ich unseren Tourguide etwas sagen und den Rest unserer Gruppe wenige Sekunden später lachen. Die bloße Vorstellung, dass sie alle arglos dem Vortrag unseres Reiseführers lauschten, während Evan *das hier* mit mir tat, brachte mein Blut zum Kochen. Dass uns jederzeit jemand erwischen konnte, ängstigte und erregte mich gleichermaßen. Leugnen war zwecklos.

Evan küsste mich voller Leidenschaft und vergrub seine freie Hand in meinen Locken. Ich stieß einen flehentlichen Laut aus, als er seine Lippen von meinen löste und Zug ausübte, bis ich meinen Kopf leicht nach hinten überstreckte. Er glitt mit seiner Zunge über meinen Hals, verbarg seinen Kopf in meiner Halsbeuge und biss sanft zu, während er den Druck auf meinem Kitzler noch erhöhte.

Meine Scham pochte, mein Unterleib zog sich lustvoll zusammen und immer wieder ging ein Zucken durch meinen Körper. Ich verlor mich mehr und mehr in der Lust, die Evan in mir weckte. Jedes fordernde Kreisen seiner Finger brachte mich dem Verlust meiner Selbstkontrolle etwas näher.

Ich war verrückt nach dem, was er mit mir tat.

Ich war verrückt nach *ihm*.

»Fuck«, hauchte Evan an meinem Ohr, als er noch ein bisschen tiefer glitt und zwei Finger in mich schob. »So feucht und eng … am liebsten würde ich dich sofort gegen diese verschissene Wand vögeln.«

Erschrocken drückte ich mit meiner Hand gegen seinen Brustkorb und wollte ihn von mir schieben, weil mir das jetzt doch zu weit ging. Aber Evan packte meinen Unterarm mit spielerischer Leichtigkeit und hielt mich auf.

»Würde«, flüsterte er. »Du musst schon richtig zuhören, Honey«, neckte er mich und schüttelte tadelnd mit dem Kopf, als ich erbost versuchte, meinen Arm aus seiner Umklammerung zu befreien. »Hör auf«, befahl er mir und mein Widerstand erlahmte ganz automatisch. »Sieh mich an«, setzte er nach, blickte mir tief in die Augen und fing an, seine Finger in mir zu bewegen.

Die Intensität, mit der er mich ansah, ließ alles andere in den Hintergrund treten. Plötzlich war mir egal, wo wir waren. Es war mir auch gleichgültig, dass wir jeden Moment auffliegen konnten. In diesen Augenblicken existierten nur noch Evan und ich.

Ich biss mir auf die Zunge, um den hervorsteigenden lüsternen Seufzer zu unterdrücken, der sich aus den Tiefen meiner Kehle nach oben bahnte, weil Evan seine Finger in einem zunehmend schnelleren Rhythmus in mich stieß und seinen Handballen gleichzeitig auf meine Perle drückte. Mein Schoß pulsierte und meine inneren Wände zogen sich immer fester um Evans Finger zusammen.

»Hör bitte nicht auf«, flehte ich und ließ meine Hüften vollkommen schamlos auf Evans Hand kreisen. Mein gesamter Körper war wie elektrisiert und ich konnte bereits spüren, wie die ersten Vorboten meines Orgasmus nach mir griffen. »Hör nicht auf«, bettelte ich und erstarrte nur Sekunden später, weil die Stimme unseres Guides ertönte. Dieses Mal klang sie viel näher als vorher.

»Gleich kommen wir zum Höhepunkt der Führung«, verkündete er enthusiastisch und Evan lächelte zweideutig.

»Ja, Anna, wie wäre es, wenn wir nun zum Höhepunkt kommen?«, flüsterte er mit süffisantem Unterton, krümmte seine Finger in mir und erhöhte den Druck seines Handballens auf meiner Klit. »Heilige Scheiße«, murmelte Evan mit belegter Stimme. »Du wirst immer enger … zu gern würde ich dich um meinen Schwanz spüren … fuck«, keuchte er und blickte mich unverwandt an. »Jetzt, Honey.« Er stieß ein letztes Mal hart zu, rieb über meinen Kitzler und ich zerfiel in tausend Scherben.

Verzweifelt presste ich meinen Mund auf seine Brust, versuchte, mein Stöhnen in seinem Shirt zu dämpfen. Mein gesamter Körper zuckte vor Lust und es dauerte eine gefühlte Ewigkeit, bis die Wellen meines Höhepunkts langsam abebbten. Atemlos krallte ich mich an Evans Schultern, damit kämpfend, mich wieder unter Kontrolle zu bekommen.

Unsere Gruppe kam, dem Stimmengewirr nach zu urteilen, näher und es war nur noch eine Frage der Zeit, bis sie unsere Nische passieren würden. Evan griff in meine Haare, zog meinen Kopf nach hinten und küsste mich verlangend, ehe er mich freigab. Hastig schloss ich meinen Reißverschluss und den Knopf meiner Jeans, rückte mein Oberteil zurecht und schlug dann die Hände vors Gesicht.

»Ich kann nicht glauben, dass wir das gerade getan haben«, nuschelte ich.

Evan lachte leise, was mich dazu brachte, zwischen meinen Fingern hindurch zu ihm zu linsen. Er grinste dreckig und zwinkerte mir zu. Fasziniert beobachtete ich, wie er seine Finger ableckte.

»Dich zu verderben ist mir stets ein Vergnügen«, erwiderte er, stützte sich mit einer Hand neben meinem Kopf auf und küsste mich erneut ausgiebig, bis sich hinter uns jemand räusperte. Evan löste sich von mir und warf einen Blick über seine Schulter. »Der Tourguide«, klärte er mich auf, da ich nicht sehen konnte, was hinter ihm war. »Er sieht nicht begeistert darüber aus, dass er uns beim Knutschen erwischt hat.« Er griff nach meiner Hand und zog mich aus der Nische.

»Der soll froh sein, dass er uns nur *dabei* ertappt hat«, moserte ich, woraufhin Evan sich zu mir umdrehte und mich erstaunt ansah.

»In dir steckt doch ein kleines Luder, Anna Gilmore«, zog er mich auf und lachte leise, als ich ihm auf den Oberarm boxte.

»Sie haben den besten Teil der Tour verpasst«, tadelte uns der Guide. Evan sah mich noch einen Moment intensiv an und wandte sich dann dem Mann vor uns zu.

»Das glaube ich nicht«, antwortete er gelassen. »Oder was denkst du, Honey?« Ich stieß lediglich ein Schnauben aus, was Evan mit einem Seitenblick sowie einem amüsierten Schmunzeln kommentierte.

»Was ich gerade denke, möchtest du nicht wissen.« Zuckersüß lächelnd drückte ich seine Hand.

Evan beugte sich zu mir hinunter und brachte seine Lippen dicht an mein Ohr. »Immer her mit dem unanständigen Zeug. Ich bin für alles offen.«

»Evan!«

Anderthalb Stunden später saßen wir in einem kleinen Restaurant, das wir zufällig in einer Seitengasse entdeckt hatten. Mit einem genießerischen Seufzen schob ich mir eine gehäufte Gabel des leckeren Nudelauflaufs in den Mund, den ich mir ausgesucht hatte, während Evan sein Risotto aß.

»Und du willst tatsächlich den gesamten Sommer hier bleiben?«, fragte er mich und sah mich interessiert an.

»Wahrscheinlich ja.«

Ich hatte wenig Lust, nach Hause zurückzukehren, wo mir nichts als Enttäuschung und Missbilligung entgegenschlagen würde. Außerdem hatte ich auch nicht den Eindruck, dass meine Eltern traurig darüber waren. Für mein Empfinden konnten sie so den schönen Schein in der Gemeinde aufrechterhalten und mussten sich nicht mit dem Geschehenen auseinandersetzen. Aus den Augen, aus dem Sinn.

»Wie kam es überhaupt zu deiner Verlobung?«, drang Evans Stimme in meine Gedanken.

Sein Blick ruhte auf mir und ich schluckte ein paar Mal nervös, unsicher, was ich ihm sagen sollte. Ich konnte Evan schlecht auf die Nase binden, dass ich mich letztlich ohne größeren Widerstand auf diese arrangierte Verlobung eingelassen hatte, weil mein Dad das so gewollt und die Sache mit Evan keine Zukunft gehabt hatte. Erst jetzt wagte ich zu hoffen, dass er das Gleiche wollte wie ich.

»Die bloße Vorstellung, mich so fest zu binden, ist vollkommen absurd und gruselig. Das käme für mich nie infrage«, redete er weiter und mir wurde gleichzeitig heiß und kalt. »Erst recht nicht, wenn ich so jung wäre wie du«, setzte er nach. »Du hast doch noch gar nicht richtig gelebt, und dann willst du dich bereits, an einen Kerl fesseln? Bis dass der Tod euch scheidet?!«

Ich brauchte ein paar Augenblicke, bis wirklich zu mir durchgedrungen war, was Evan soeben gesagt hatte. »Naja, du tust gerade so, als wärst du schon steinalt«, versuchte ich, meinen Schock über seine Worte mit einem Witz zu überspielen. »Und

Andrew … mein Dad hatte das arrangiert und ich … ich … dachte, es wäre das Beste.« Oh Gott, das klang ausgesprochen noch erbärmlicher als in meinem Kopf.

»Es wäre das Beste?!«, hakte Evan prompt nach und schüttelte mit dem Kopf. »Manchmal verstehe ich wirklich nicht, was in dir vorgeht. Lässt dich von deinem Dad an einen Typen ketten, weil es so am besten ist.« Die Fassungslosigkeit auf seinem Gesicht beschämte mich, brachte mich aber gleichzeitig auch dazu, in Abwehrhaltung zu gehen.

»Nicht nur mein Dad war entscheidend. Ich … ich wollte diese Sicherheit damals ebenfalls!«, verteidigte ich mich.

Weil du mich so aus der Bahn geworfen hast, schob ich in Gedanken hinterher.

Evan hatte meine Welt in ihren Grundfesten erschüttert, dabei war das mit uns für ihn nicht mehr als Sex gewesen. Weder vor einem Jahr noch jetzt hatte es ihm irgendetwas bedeutet.

Er wollte ein lockeres Abenteuer, während ich durchaus an etwas Ernsterem interessiert war. Ich wollte mich nicht verloben, ich wollte auch nicht zeitnah heiraten, aber ich wollte eine Beziehung.

Einen Partner, dem ich vertrauen und auf den ich mich verlassen konnte.

Doch würde dieser Mann jemals Evan sein?

»Sicherheit«, schnaubte Evan und bedachte mich mit einem neuerlichen Kopfschütteln. »Ich muss mal schauen, wie voll mein Terminkalender die nächsten Wochen ist, was die Sponsoring-Tour angeht. Dank Cages Fehltritt müssen wir Klinken putzen, um hoffentlich ein paar neue Sponsoren an

Land zu ziehen und die alten zu halten.«

Sein plötzlicher Themenwechsel irritierte mich. Verwirrt blickte ich ihn an und zuckte zusammen, als Evan nach meiner Hand griff und seine Finger mit meinen verschränkte.

»Ich kann dir nichts versprechen, aber vielleicht kann ich dich noch zwei-, dreimal hier besuchen.« Er wackelte mit den Augenbrauen und lächelte dreckig. »Wir könnten nochmal sowas wie heute machen.«

Ich lächelte schwach. »Sicher. Ich würde mich freuen.«

Soeben hatte ich meine Antwort auf die Frage erhalten, ob Evan jemals dieser Mann sein könnte, den ich mir an meiner Seite wünschte.

Eigentlich sollte ich das hier auf der Stelle beenden, aufstehen und gehen.

Doch ich blieb, wo ich war.

Tief in mir wollte ich lieber das bisschen nehmen, was Evan mir noch zugestand, statt mich schon jetzt von ihm zu verabschieden.

In den Augen meiner Familie war ich ohnehin bereits gestrauchelt. Da kam es auf zwei-, dreimal mehr nicht mehr an.

Am Ende dieses Sommers würde ich Evan Lebwohl sagen.

Endgültig.

KAPITEL 15

EVAN
EINIGE WOCHEN SPÄTER

Angefressen starrte ich auf mein Handy. Nach wie vor keine Reaktion von Anna. Dass ich es nicht geschafft hatte, sie in den vergangenen Wochen noch einmal in New Orleans zu besuchen, sondern jede unserer Verabredungen hatte canceln müssen, pisste mich selbst an. Anna hingegen tat gerade so, als hätte ich im Grunde genommen eh keinen Bock gehabt, sie erneut zu sehen. Dass ich de facto ständig auf Sponsoringtour war, interessierte sie einen feuchten Dreck.

Ich hatte keine Ahnung, was seit meinem Spontanbesuch bei ihr in sie gefahren war. Ihr Verhalten und die subtilen Vorwürfe nervten mich langsam aber sicher, und ich fragte mich immer häufiger, weshalb ich mir diesen Mist eigentlich weiterhin antat.

Ich verstand mich nicht. Normalerweise hätte ich das längst beendet. Doch ich konnte es nicht.

Aber wieso nicht? Schon bald würde der Rennzirkus erneut losgehen und mein Terminkalender noch voller sein, als er es jetzt bereits war. Warum also machte ich nicht endlich einen Haken an diese ganze Sache mit Lilys bester Freundin?!

»Alles klar bei dir, Pissbacke?«, sprach Cage, der gerade die Küche betrat, mich mit einem süffisanten Grinsen an. »Du wirkst reichlich gestresst in letzter Zeit. Solltest mal wieder einen wegstecken«, riet er mir und nahm mir gegenüber Platz, nachdem er sich eine Wasserflasche aus dem Kühlschrank genommen hatte.

»Ruf doch Cassie an«, schlug er vor und ein schmutziger Ausdruck trat auf sein Gesicht. »Was du brauchst, ist ein anständiger Fick, damit du wieder klar denken kannst. Wenn die Kirchenmaus dazu nicht in der Lage ist … bau deinen Druck eben woanders ab.«

Entnervt warf ich mein Mobiltelefon auf den Tisch und fuhr mir mit der Hand durch die Haare. »Ist ja nicht so, dass ich das nicht bereits getan hätte«, erwiderte ich.

Ich hatte mich in den vergangenen Wochen ein paar Mal mit Cassie getroffen, schließlich hatten Anna und ich kein Exklusivding am Laufen. Aber irgendetwas war anders. Ich hatte, wie sonst auch, meinen Spaß mit Cassie, die ebenso wenig wie ich etwas Festes wollte.

Was verfickt zur Hölle war also los mit mir?!

Die Haustür klappte und ich warf Cage einen warnenden Blick zu, als Lily kurze Zeit später atemlos die Küche betrat.

»Sport ist Mord«, jammerte sie, ließ sich neben meinem besten Kumpel auf einen Stuhl plumpsen und griff unter dessen Protest nach seiner Wasserflasche. »Ich wünschte mir, ich hätte Dads Gene geerbt, dann müsste ich nicht andauernd trainieren, um mein Gewicht zu halten.« Sie blickte mich aus zusammengekniffenen Augen böse an und ich fing an zu lachen.

»Es ist nicht *meine* Schuld, dass du nichts aus Dads Genpool mitbekommen hast, was die

Fettverbrennung angeht«, verteidigte ich mich. »Beschwer dich bei unseren Eltern.« Lily stöhnte genervt und streckte mir die Zunge heraus.

»Apropos Eltern, Pete hat mich mit dem neuesten Ranch-Klatsch versorgt, als ich ihm beim Joggen über den Weg gelaufen bin. Annas Dad war dann doch so großzügig, sie nicht gleich wieder in die nächste Verlobung zu drängen«, wechselte meine kleine Schwester das Thema und meine Augen wurden groß.

Was zum Teufel?!

Nächste Verlobung?!

Es stand noch so eine Lächerlichkeit für Anna überhaupt zur Debatte?!

»Anna hat wohl mit ihm verhandelt. Er gesteht ihr ein weiteres Jahr in Ruhe in New York zu, ehe er eine Entscheidung von ihr verlangt«, fuhr Lily völlig arglos fort, während mir buchstäblich die Kinnlade hinunter klappte. Kopfschüttelnd trank meine Schwester noch einen Schluck aus Cages Flasche. »Ich kann nicht glauben, dass ihr Dad tatsächlich so drauf ist«, schob sie leise nach. »Für ihn sind Anna und ihre verlorene Jungfräulichkeit wirklich ein Schandfleck auf seiner bisher blütenreinen Weste.«

Ich hörte nur mit halbem Ohr weiter zu, während ich nach meinem Telefon griff, um wutentbrannt eine Nachricht an Anna zu schreiben. Fluchend misshandelte ich meinen Touchscreen und verdrückte mich in einer Tour.

»Seit wann tippst du denn bitte so viel?! Hast du mich nicht neulich erst noch angeblafft, ich solle dich anrufen und nicht dumm antexten, wenn ich etwas von dir will?!«, maulte Lily mich plötzlich mit einem vorwurfsvollen Ton an und ich sah alarmiert auf. »Und schönen Dank auch, dass du mir so gut zuhörst, wenn ich dir etwas erzähle!«, motzte sie weiter und verschränkte die Arme vor ihrem Oberkörper.

»Ähm … ich … also«, stotterte ich und verstummte dann wieder. Verfickte Scheiße, scheinbar war mein Hirn gerade offline gegangen. Cage sah mich mit seinem typischen *Bro, du bist sooo hohl* Ausdruck in den Augen an und schüttelte resigniert den Kopf.

»Lily, wir müssen in einer Dreiviertelstunde los zu einem Pressetermin, und *so* nehme ich dich garantiert nicht mit. Du solltest dringend duschen gehen«, sprang er schließlich für mich in die Bresche, während ich immer noch fieberhaft nach einer Ausrede suchte.

Meine kleine Schwester sah meinen besten Kumpel empört an, der sich daraufhin vorbeugte und sie anlächelte. Lilys Mund klappte ein paar Mal auf und zu, scheinbar ließ ihre Schlagfertigkeit sie Cage gegenüber gerade im Stich.

Ich grinste in mich hinein, bis mir mein verschissenes Smartphone aus der Hand rutschte und erst auf den Tisch und dann zu Boden fiel. Entnervt bückte ich mich nach dem Teil und hielt irritiert inne, weil Cage unter dem Tisch Lilys nackten Oberschenkel tätschelte.

»Kleines, mach's mir doch ein einziges Mal in dieser verfickten Fake-Beziehung leicht und tu, was ich dir sage«, sprach mein Freund weiter, nahm seine Hand von ihrem Bein und ich richtete mich kopfschüttelnd wieder auf.

Was ich da gerade gesehen hatte, war rein geschwisterlich gewesen.

Lily war quasi mit Cage an ihrer Seite aufgewachsen.

Vermutlich war den beiden ihr pseudo-verliebtes Getue in den letzten Wochen so sehr in Fleisch und Blut übergegangen, dass sie so etwas wie *das da* gar nicht mehr bemerkten. Etwas anderes konnte das gar nicht sein. Sie war unsere kleine Schwester. Die von Cage und mir.

»Du bist und bleibst ein Affenarsch«, fauchte Lily ihn an, sprang auf und verschwand nach oben.

Cage lachte dreckig, als die Badezimmertür mit einem Krachen ins Schloss flog.

»Eins muss man deiner zickigen kleinen Schwester lassen: Sie hat ordentlich Pfeffer im Arsch«, frotzelte er und wurde dann ernst. »Jetzt aber zu dir, du dämlicher Pisser. Ich rate dir dringend, dich nicht so auffällig wie gerade eben zu verhalten. Stell dir nur mal vor, Lily hätte dir in einem Anflug von geschwisterlicher Neugier das Telefon aus der Hand gerissen und Annas Namen und dann euren Nachrichtenverlauf auf dem Display gesehen. Willst du echt, dass Lily das so herausbekommt?! Ruf sie an und texte nicht wie so ne jämmerliche, feige Pussy!«

Fuck. Obwohl ich Cage am liebsten eine aufs Maul geben wollte, musste ich zugeben, dass er Recht hatte. Zähneknirschend nickte ich.

»Danke fürs Arsch retten«, quetschte ich hervor und machte mich auf den Weg nach draußen. Sicher war sicher. Nicht, dass Lily zufällig Zeugin meines Telefonats mit Anna wurde.

Vor unserem Wohnhaus angekommen entfernte ich mich noch einige Meter, bis ich überzeugt war, außer Hörweite zu sein. Erst dann drückte ich die Kurzwahltaste für Annas Nummer. Es klingelte so lange, dass ich mich schon zu fragen begann, ob sie meinen Anruf bewusst ignorierte. Als ich gerade auflegen wollte, hob sie endlich ab.

»Ja?« Ihre Stimme klang kühl und verschlossen, ganz anders als bei unserem letzten Telefonat vor zwei Wochen.

Ich sparte mir jede Begrüßungsfloskel, weil ich kurz vorm Platzen war.

»Wann wolltest du mir von der unbedeutenden Tatsache erzählen, dass du mal wieder nicht Nägel mit Köpfen gemacht, sondern dir lediglich ein weiteres Jahr Freiheit von deinem Daddy erschnorrt hast?!«, blaffte ich in den Hörer und hörte, wie Anna scharf einatmete. »Ist das deine Art, dich zu entscheiden?!« Bei unserer Unterhaltung vor vierzehn Tagen hatten wir auch darüber geredet, dass sie in wenigen Wochen eine Wahl würde treffen müssen.

»Vermutlich in dem Moment, in dem du mir verraten wolltest, dass du diese Cassie wieder bei jeder sich bietenden Gelegenheit vögelst«, zischte sie zurück. Dass Anna sich so unverblümt ausdrückte, überraschte mich. Normalerweise war das nicht ihre Art. »Dass ich das aus der Presse erfahren musste, war unnötig, Evan. Du hättest zumindest den Arsch in der Hose haben können, mir persönlich zu sagen, dass ich nicht mal ne neue Cassie für dich bin! Sei doch ehrlich, nachdem du mich ein paar Mal gehabt hast, ist der Reiz verflogen, oder?! Du wolltest mein Erster sein, du warst scharf drauf, mal eine Jungfrau zu ficken, mehr nicht!«

Ich ballte meine Hand zur Faust und zwang mich, mehrmals tief ein- und auszuatmen, bevor ich weitersprach. »Das mit uns war nie was Exklusives«, gab ich schließlich so ruhig wie irgendwie möglich zurück. »Du bist ein verficktes Kind, Anna, unfähig, ein eigenständiges und selbstbestimmtes Leben zu führen. Ich habe genug von dem Scheiß. Renn in dein verschissenes Unglück, aber lass mich da raus.«

»Du verlangst eine Entscheidung von mir?! Du willst dich selbst nicht festlegen, erwartest jedoch, dass ich es tue?! Ich kann mich nicht auf dich verlassen, soll aber eine Wahl treffen, die mein gesamtes Leben unwiderruflich verändern wird?! Und was soll *das mit uns* überhaupt heißen?!« Anna lachte zynisch. »Das war nicht nur niemals etwas Exklusives. Es gab auch niemals ein *uns*. Das war *gar nichts*.« Nach diesen Worten legte sie auf, ohne eine eventuelle Antwort meinerseits abzuwarten.

Sprachlos nahm ich das Telefon vom Ohr und starrte es einen Moment lang an, ehe ich es in meine Hosentasche steckte. Eigentlich sollte ich erleichtert sein. Dieses unsägliche Hin und Her mit Anna war nun ein für alle Mal Geschichte.

Weshalb ich mich dann gerade fühlte, als hätte Cage mir einen harten Faustschlag in den Magen verpasst, konnte ich nicht sagen. Kurzentschlossen fischte ich mein Mobiltelefon wieder hervor, löste die Bildschirmsperre und wählte eine weitere Nummer aus meinem Kurzwahlspeicher.

»Cassie, Süße, wie sieht's aus?«, begrüßte ich meine On-/Off-Affäre und lächelte, als ich ihre nächsten Worte hörte. »Ich bin in zwanzig Minuten bei dir.«

Cage hatte Recht.

Ich musste dringend wieder klar denken.

Anna war so gut wie raus aus meinem Kopf und den Rest würde ein hemmungsloser Fick mit Cassie richten.

KAPITEL 16

ANNA
EIN JAHR SPÄTER

Der Sommer war fast vorbei und mein Dad erwartete am morgigen Tag eine Entscheidung von mir. Er hatte mich das vergangene Jahr in New York tatsächlich wie versprochen in Ruhe gelassen und sich damit an unseren Deal gehalten. Sogar den Sommer hatte er mir noch in weiten Teilen zugestanden, aber jetzt verlangte er, dass ich die vereinbarte Wahl traf.

Dass er sich dafür ausgerechnet den Tag nach der Wohltätigkeitsgala, bei der ich unter anderem auch Evan wiederbegegnen würde, ausgesucht hatte, entbehrte nicht einer gewissen Ironie. Nach unserem erbitterten Streit vor nun fast einem Jahr am Telefon hatte ich ihn nicht wiedergesehen und auch nicht mit ihm geredet. Dann und wann versuchte Evan, mich anzurufen oder zu einem Treffen zu bewegen, doch ich hatte das jedes Mal im Keim erstickt.

Die letzten Tage hatte er seine Bemühungen, mit mir zu sprechen und mich wiederzusehen, allerdings deutlich hochgeschraubt. Lily hatte den Fehler gemacht, Cage zu erzählen, dass ich nicht in New York war. Der miese Arsch hatte natürlich nichts Besseres zu tun gehabt, als seinem Buddy auf die Nase zu binden, dass er seine kleine Schwester über meinen Aufenthaltsort befragen sollte. Ich hatte Lily ordentlich Feuer unterm Hintern gemacht, weil sie ihre Klappe nicht hatte halten können.

Evans Versuche, mich zu sehen, hatte ich jedenfalls abgeblockt. Ihm allein von Angesicht zu Angesicht gegenüberzustehen, war viel zu gefährlich.

Ich konnte Evan nicht vertrauen.

Nicht mehr.

Und ich traute vor allem mir selbst nicht.

Evan in einem intimen Rahmen zu treffen, konnte nur nach hinten losgehen, also hatte ich von vornherein *Nein* gesagt.

Dass er im vergangenen Jahr munter in der Weltgeschichte herumgevögelt hatte, hatte mich tief getroffen, denn entgegen meiner Aussage ihm gegenüber war ich davon ausgegangen, dass das mit uns durchaus etwas Exklusives war.

Himmel, ich kannte doch gar keine anderen Beziehungsformen. Für mich war das immer exklusiv und vor allem war das für mich so selbstverständlich, dass ich das nicht klären musste. Doch Evan tickte da anders. Wie in so vielen anderen Dingen auch.

Ich stieß ein verbittert klingendes Schnauben aus, weil ich so unglaublich naiv gewesen war. Wie hatte ich nur glauben können, dass Evan, der in seinem gesamten Leben meines Wissens nach nie etwas anderes als lockere Affären gehabt hatte, sich plötzlich an mich binden und mir die nötige Sicherheit geben würde?

Mein Handy vibrierte und ein Blick auf das Display verriet mir, dass Tim mir geschrieben hatte. Meine Gala-Begleitung. Was mich geritten hatte, dass ich mich ausgerechnet von Evans größtem

Rivalen zu der Veranstaltung hatte einladen lassen, wusste ich selbst nicht. Warum ich überhaupt *Ja* gesagt hatte, statt wie bisher auch zu vermeiden, dass ich Evan über den Weg lief, hinterfragte ich lieber gar nicht erst.

Vielleicht brauchte ich diesen Abschluss, ehe ich mich endgültig für den von meinem Dad für mich geplanten Weg entschied? Ich schüttelte mit dem Kopf, diesen Mist glaubte nicht einmal ich. Trotz aller Kränkung und Enttäuschung hatte ich Evan die letzten zwölf Monate unglaublich vermisst und ich wollte ihn sehen. Selbst wenn es nur aus der Ferne auf einer öffentlichen Veranstaltung war. Zumindest war es dort sicher und ich lief nicht Gefahr, eine neuerliche Dummheit zu begehen.

Ein Klopfen an meiner Zimmertür ließ mich herumfahren. Die Tür ging auf und ein Lächeln breitete sich auf meinem Gesicht aus, als ich Lily erblickte, die mit einer Tüte unseres Lieblings-Cafés unter dem Arm und zwei Kaffeebechern in ihren Händen eintrat.

»Ich bin so froh, dass du nach unserer hässlichen Auseinandersetzung neulich überhaupt ans Telefon gegangen bist«, begrüßte ich sie, nahm ihr einen der Becher und den Papierbeutel ab und drückte sie fest an mich. »Es tut mir ehrlich leid, dass ich so ekelhaft zu dir gewesen bin.« Lily umarmte mich ihrerseits so kräftig, dass ich das Gefühl hatte, keine Luft mehr zu bekommen.

»Naja, ich habe mich revanchiert, indem ich dich bei Evan in die Pfanne gehauen habe, obwohl ich das nicht wirklich freiwillig getan habe. Also sind wir wohl quitt. Du warst nicht ekelhaft. Na gut, vielleicht ein bisschen, aber … du hattest Recht«, nuschelte sie und löste sich von mir.

Nicht nur Evan und ich, auch Cage und Lily hatten seit dem letzten Sommer eine einjährige Pause hinter sich. Die nicht ganz so gespielte Fake-Beziehung war kurz nach meinem letzten Telefonat mit Evan aufgeflogen und Cage, dieser Arsch, hatte nichts Besseres zu tun gehabt, als nach dem unfreiwilligen Aufdecken durch Evan auch noch uns beide mit reinzuziehen. Weder Evan noch ich hatten Lily gebeichtet, dass wir etwas miteinander gehabt hatten, denn diese Möglichkeit hatte dessen bester Kumpel uns verbaut.

»Nachdem du mich wachgerüttelt hast, dass Cage nicht einfach so nach allem, was gewesen ist, zum Tagesgeschäft übergehen kann, habe ich ihn zur Rede gestellt. Wir haben an dem Tag fürchterlich gestritten und er hat die Flucht ergriffen.« Ich holte Luft, um mich über ihn auszulassen, aber Lily stoppte mich. »Cage ist zurückgekommen und wir haben die ganze Nacht gekuschelt und geredet. Ich weiß, du misstraust ihm, doch ich denke wirklich, dass er sich seit vergangenem Jahr geändert hat und er will, dass das zwischen uns beiden funktioniert.«

Sie lächelte und sah so glücklich aus, dass ich meine Kritik an Cage vorerst hinunterschluckte. Ich würde ihn später auf der Gala ohnehin treffen und mir selbst ein Bild von ihm machen können.

»Mit wem gehst du eigentlich zu der Veranstaltung?«, fragte sie mich und legte ihren Kopf leicht schief.

»Tim Peterson«, gestand ich und Lily sog scharf

die Luft ein.

»Evan hasst ihn, das weißt du, oder?«

Ich log ihr ohne mit der Wimper zu zucken in das Gesicht. »Nein, das wusste ich nicht«, erwiderte ich und hob die Schultern, weil Lily mich nach wie vor mit ihrem *du verschweigst mir doch was* Blick betrachtete. »Evan und ich sind Geschichte. Was auch immer das war, es hat vor einem Jahr geendet. Mit wem ich dort hingehe, kann ihm also völlig egal sein. Mir ist es jedenfalls gleichgültig, mit wem er dort auftaucht«, log ich einfach weiter.

Lily schüttelte mit dem Kopf. »Irgendwie kann ich das weder dir noch ihm so recht glauben, aber gut. Fürs Erste halte ich meine Klappe.« Sie ließ sich auf mein Bett fallen, nachdem sie ihren Kaffeebecher auf meinem Nachttisch abgestellt hatte. »Was wirst du anziehen?«

Ein unangenehmes Thema abgehakt und Lily sprang gleich zum nächsten. Ich verzog gequält das Gesicht, was Lily zum Lachen brachte.

»Das ist nicht witzig!«, maulte ich sie an und zog eine Schnute. »Ich habe die Auswahl schon auf zwei Kleider eingegrenzt.«

Das eine würde auch meinem Dad gefallen. Das andere hingegen … hatte ich mir vor ein paar Monaten aus einer verrückten Laune heraus in New York gekauft. Ich stellte meinen Becher sowie die Tüte neben ihrem ab, öffnete meinen Kleiderschrank und zeigte Lily beide Teile.

»Um Gottes willen, doch nicht diesen Oma-Fetzen?!«, kam es prompt von Lily. Angewidert schüttelte sie mit dem Kopf, während sie missbilligend das Daddy-taugliche-Kleid ansah und deutete dann auf meine Errungenschaft aus dem Big Apple. »Das. Definitiv. Keine Diskussion.« Sie fing zu lächeln an. »Anziehen. Ich will es an dir sehen.«

Ich befreite mich von Jeans und Shirt und zog anschließend das cremefarbene Kleid über meinen Kopf. Es schmiegte sich wie eine zweite Haut an meinen Körper und fühlte sich genauso seidig und weich an, wie ich es noch vom Anprobieren in Erinnerung hatte. Normalerweise hätte ich niemals so ein figurbetontes Abendkleid gewählt, aber als ich es im Schaufenster gesehen hatte, hatte ich nicht widerstehen können.

»Das geht so nicht«, drang Lilys Stimme in meine Gedanken und ich runzelte verwirrt die Stirn.

»Nicht?«, fragte ich enttäuscht und sie nickte.

»Deine Unterwäsche zeichnet sich ab«, erwiderte sie und deutete auf meine Taille. »Das Bündchen deines Strings sieht man deutlich, und die Umrisse deines BHs ebenfalls.« Lily lächelte irgendwie unheilvoll. »Da hilft nur eins: Keine Wäsche.«

Ich riss entsetzt die Augen auf. »Ich kann doch nicht nackt zur Gala gehen?!«

Lily fing schallend an zu lachen. »Niemand redet von nackt. Du trägst das Kleid und keiner außer dir wird wissen, dass du darunter nichts anhast.« Sie zwinkerte mir zu. »Du siehst verteufelt heiß aus in diesem Fummel, aber die Nähte machen das leider zunichte.«

Prüfend betrachtete ich mich im Spiegel. Mist. Lily hatte Recht, die sich abzeichnende Wäsche nahm dem Kleid viel von seiner Sinnlichkeit. Doch hatte ich tatsächlich den Mut, ohne BH und

Höschen loszuziehen? Ich zuckte zusammen, als Lily von hinten einen Arm um meine Hüfte legte und mich über den Spiegel hinweg anlächelte.

»Trau dich, Süße«, wisperte sie und drückte einen Kuss auf meine Wange. »Was du dir allerdings noch einmal überlegen solltest, ist, ob du wirklich mit Tim dort auftauchen willst. Keine Ahnung, was zwischen Evan und dir los ist, aber ihn auf diese Art und Weise zu provozieren … ich weiß nicht.«

Ich schnaufte leise. »Zwischen Evan und mir ist gar nichts los, und ich sage Tim sicher nicht so kurzfristig ab, bloß weil deinem Bruder sein Gesicht nicht passt«, verkündete ich trotzig und Lily zuckte mit den Schultern.

»Ich habe dich gewarnt und damit meine Schuldigkeit als Freundin getan.« Sie umarmte mich fest. »Versprichst du mir, dass du künftig kein Geheimnis mehr draus machst, wenn bei Evan und dir doch wieder was laufen sollte?«

Seufzend nickte ich. Dass ich Lily bis vor einem Jahr komplett rausgehalten und sie sogar angelogen hatte, dass es sich bei dem Mann, der mich entjungfert hatte, um Evan gehandelt hatte, hatte sie schwer getroffen. Dieses Geheimnis hatte unserer Freundschaft einen ziemlichen Schlag verpasst, von dem sie sich bisher nicht erholt hatte. Aber zum ersten Mal war ich zuversichtlich, dass Lily und ich uns nun einander wieder annähern würden.

»Und versprichst du mir noch was?«, bohrte Lily nach und sah mich so bittend an, dass ich erneut nickte, obwohl ich gar nicht wusste, was sie wollte.

»Gib Cage eine Chance. Er ist wirklich nicht mehr der gleiche Mann wie früher.«

Ich hob eine Augenbraue. Dass der Kerl, der mich als *prüde Schnalle* bezeichnet hatte, geläutert sein sollte, glaubte ich erst, wenn ich es mit eigenen Augen sah. Nicht eine Sekunde eher. Doch Lily war meine beste Freundin und hatte diesen Vertrauensvorschuss verdient.

»Versprochen«, murmelte ich, was sie strahlen ließ.

Lily warf einen bedauernden Blick auf ihre Uhr. »Ich muss jetzt leider los. Wir sehen uns dann ja heute Abend auf der Gala.« Sie umarmte mich noch einmal und verließ dann mein Zimmer.

Kopfschüttelnd blickte ich ihr hinterher und wagte anschließend einen Blick in die Tüte unseres Lieblings-Cafés, die sie unangetastet dagelassen hatte. Mit einem Lächeln zupfte ich einen der Mini-Donuts hervor und schob ihn mir in den Mund, ehe ich mich auf den Weg in mein Bad machte, um mein Schönheitsprogramm für heute Abend einzuleiten.

Evan sollten die Augen herausfallen, wenn er mich sah.

Evan?!, schrie ein entsetztes Stimmchen in meinem Kopf.

»Tim«, wisperte ich. »Du gehst mit Tim dorthin, Herrgott!«, fluchte ich und schlug die Tür zum Badezimmer ins Schloss. »Das mit Evan ist vorbei. Ein für allemal.«

Ich sah in den Spiegel über dem Waschbecken und fragte mich, was erbärmlicher war.

Meine Unfähigkeit, Evan aus meinem Kopf zu

bekommen, oder der Umstand, dass ich ihn mit Tim eifersüchtig machen wollte?

Vor Lily hatte ich es nicht zugeben können, doch Evans Widersacher war für mich nicht mehr als ein Mittel zum Zweck. Ich wollte, dass Lilys Bruder zumindest ansatzweise fühlte, was ich empfunden hatte, als ich vergangenes Jahr hatte entdecken müssen, dass er weiterhin mit Cassie schlief.

Ob das klug war?

Lilys Warnung ging mir durch den Kopf, doch ich schob sie aus meinen Gedanken.

Was sollte schon passieren?

KAPITEL 17

ANNA

»Ist alles in Ordnung mit dir?«, wandte sich Tim, der mich zu Hause abgeholt hatte, an mich. »Du bist so still.« Er warf mir einen prüfenden Blick aus seinen braunen Augen zu.

Ich zwang mich zu einem Lächeln und nickte, was meinen Begleiter zufriedenzustellen schien. Evan hätte mir eine derartige Nicht-Antwort mit Sicherheit nicht durchgehen lassen.

Verdammt.

Jetzt dachte ich schon wieder an ihn.

Nicht gut.

Gar nicht gut.

Mein Dad hatte mich am späten Nachmittag eindrucksvoll daran erinnert, dass meine Fristverlängerung auslief und er morgen eine Entscheidung von mir erwarte. Er hatte missbilligt, dass ich zu dieser Gala ging, dass ich das auch noch in Begleitung eines Rennfahrers und in diesem *nuttigen Outfit* tat, hatte sein Übriges getan.

Ein Wort hatte das andere ergeben und irgendwann hatte er seine Hand erneut gegen mich erhoben. Ich wusste nicht, was trauriger war. Der Umstand, dass er es wieder getan hatte, oder der, dass es mich nicht einmal mehr überraschte. Meine Mom war dazwischen gegangen und hatte ihn von mir weggezerrt, ehe er völlig ausrastete.

Dass er mich überhaupt noch losgelassen und mir diesen letzten Abend in Freiheit nicht verwehrt hatte, verdankte ich nur dem Umstand, dass er davon überzeugt war, dass ich mich für den von ihm gewählten Weg entscheiden würde. Ab morgen würde ich wieder seine brave Tochter sein, einen anderen Gedanken ließ er nicht zu.

Dass ich mit einem Makel versehen war, konnte er nicht schönreden, aber darüber hinwegzusehen war er bereit, weil es nach wie vor Gemeindemitglieder beziehungsweise deren Söhne gab, die mich dennoch in ihre Familie aufnehmen würden. Sein Ansehen in unserem Heimatort und vor seiner Kirche würde keinen Schaden nehmen, das war für ihn mittlerweile die Hauptsache.

Das Gebäude, in dem die Gala stattfand, kam in Sichtweite und automatisch wurde ich noch nervöser, als ich es ohnehin schon war. Tim lenkte seinen Wagen in die Schlange der wartenden Autos beim Parkservice und warf mir einen Seitenblick zu.

»Du siehst wirklich atemberaubend aus«, raunte er und alles, was ich denken konnte, war, dass ich hoffte, dass ich Evan ebenfalls so wie Tim gefallen würde.

Oh Gott.

Ich war furchtbar.

Tim war bestimmt ein netter Kerl und hatte es nicht verdient, dass ich ihn auf diese Weise ausnutzte.

»Danke«, quetschte ich hervor und zwang mich dazu, mehrmals tief durchzuatmen. Wenn das so weiterging, hyperventilierte ich sonst schon, bevor ich auch nur einen Blick auf Evan hatte werfen können.

Zu meiner Erleichterung kam in diesem Augenblick einer der Mitarbeiter vom Parkservice und so konnten wir aussteigen. Tim übergab seine Wagenschlüssel und ich hakte mich bei ihm unter, ehe wir in das Innere des Gebäudes gingen.

Im Eingangsbereich war es so voll, dass ich einen enttäuschten Laut nicht unterdrücken konnte. Falls das hier ein Vorgeschmack auf den Festsaal war, konnte ich von Glück sagen, wenn ich Evan überhaupt zu Gesicht bekam.

Tim führte mich zu einer kleinen Gruppe von Kollegen aus seinem Rennstall mit ihren Frauen und stellte mich vor. Die anerkennenden und eindeutigen Blicke, die Tim und seine Kumpel austauschten, entgingen mir nicht. Es war mir egal. Was immer Tim sich auch für diesen Abend erhoffen mochte, es würde nicht geschehen.

Plötzlich fing es in meinem Nacken an zu prickeln. Ich wusste noch bevor ich mich langsam zur Seite drehte und Evan erblickte, der mich seinerseits mit einer Mischung aus Fassungslosigkeit und Verärgerung anstarrte, dass er es war. Cage neben ihm betrachtete mich ernst und raunte Evan dann etwas zu, während Lily die Hand zum Gruß hob.

»Würdest du mich einen Moment entschuldigen?«, wandte ich mich an Tim, der meinem Blick folgte und seine Miene genervt verzog. »Lily, Cage und Evan sind Freunde von mir, die ich gerne begrüßen würde«, erklärte ich mich und nahm ihm damit sogleich den Wind aus den Segeln. Gut, im Grunde genommen war nur Lily eine Freundin von mir. Cage war … was auch immer, und Evan? Der passte derzeit in überhaupt keine Kategorie.

»Natürlich«, presste Tim reichlich angepisst klingend hervor, gab mich dann jedoch frei. »Mach nicht zu lange, ja?« Ich rollte innerlich mit den Augen, weil er sich aufführte, als hätte er irgendwelche Besitzansprüche. Wir würden uns nach dieser Gala nie wiedersehen, aber sollte er sich ruhig der Illusion hingeben, dass sich hier etwas anbahnte.

Ich setzte mich in Bewegung und zwang mich dazu, mein Kinn ein wenig anzuheben und Evans stechenden Blick zu erwidern. Hocherhobenen Hauptes und mich deutlich selbstbewusster gebend, als ich war, ging ich auf die Drei zu und begrüßte zunächst Lily mit einer Umarmung.

»Kirchenmaus, ich hätte dich fast nicht erkannt. Scharfer Fetzen«, kam es von Cage, worauf er von Lily einen Schlag auf den Hinterkopf kassierte. »Hey, wofür war das denn?! Ich habe ihr ein Kompliment gemacht!«, blaffte er Lily seltsam defensiv klingend an, die nur mit dem Kopf schüttelte.

»*Nachdem* du sie Kirchenmaus genannt hast, Cage«, erwiderte meine beste Freundin mit einem zuckersüßen Lächeln und drückte ihre Lippen kurz auf seine. »Er lernt gerade erst, wie man in der normalen Welt miteinander umgeht«, scherzte sie und quietschte einen Augenblick später empört, weil Cage sie ungerührt in den Hintern gekniffen hatte.

»Schon gut, Kirchenmaus klingt gegen prüde Schnalle ja fast nett«, wandte ich mich an Cage und hielt ihm meine Hand entgegen. Er grinste, ergriff meine Finger und drückte sie fest.

Ich atmete ein letztes Mal tief durch und versuchte, mich für den nun kommenden Moment zu wappnen.

Evan.

Mein Pulsschlag galoppierte mir förmlich davon, als unsere Blicke wieder aufeinandertrafen. Dass er mir so nah war, bekam mir gar nicht gut. Mein Blut dröhnte in meinen Ohren und die Schmetterlinge in meinem Bauch schlugen mit ihren Flügeln. Die Sehnsucht nach ihm überrollte mich und ich fragte mich, wie ich diesen Abend überstehen sollte.

Wie hatte ich auch nur für eine Sekunde glauben können, dass es gefahrlos war, ihm gegenüberzutreten, nur weil es hier öffentlich war?!

Erst jetzt registrierte ich wirklich, dass Evan anscheinend ohne Begleitung hier war. Bis zuletzt war ich davon ausgegangen, dass er Cassie oder eine der anderen Frauen, mit denen er sich regelmäßig traf, mitbringen würde.

Warum war er solo hier? Doch was wusste ich schon? Vielleicht kam sein aktuelles Betthäschen auch einfach später.

»Anna«, begrüßte er mich kühl.

»Evan«, gab ich zurück und verfluchte mich, weil meine Stimme so zittrig klang.

Unangenehme Stille machte sich anschließend zwischen uns breit, die ausgerechnet von Cage gebrochen wurde. »Lily hat mir erzählt, dass du im kommenden Jahr im Nebenfach Kunst belegen möchtest?« Verblüfft starrte ich Lilys Freund an, denn das hatte ehrlich interessiert geklungen.

»Ja, ich muss mal schauen, wie das mit meinen übrigen Kursen hinhaut, doch grundsätzlich möchte ich das gern machen.«

Irgendwann im vergangenen Jahr hatte ich meine Leidenschaft fürs Malen entdeckt. Für mich war das Zeichnen zu einer Art Ventil geworden. Dort konnte ich zumindest etwas von dem Druck ablassen, unter dem ich permanent stand.

»Lily hat mir ein paar von deinen Werken gezeigt. Ich bin nur ein Laie, aber für mich sahen die ziemlich gut aus.« Er beugte sich mit einem verschwörerischen Grinsen vor. »Ich habe da was im Kopf für ein neues Tattoo, vielleicht spanne ich dich für die Vorlage ein, Kirchenmaus.« Ich lächelte und nickte. »Doch jetzt würde ich gern etwas trinken, meine Kehle ist wie ausgedörrt. Du hast sicher nichts dagegen, wenn ich dir Lily entführe, oder?«

»Natürlich nicht«, antwortete ich freundlich und erstarrte nur Sekunden später, weil ich Cages Manöver erst mit leichter Verzögerung durchschaute.

Er sorgte dafür, dass ich mit Evan allein sein würde. Entsetzt schoss mein Blick zu Lily, die mich ermutigend anlächelte, ehe sie sich bei Cage unterhakte und sich von ihm wegführen ließ.

»Tim also, hm?« Aus dem Augenwinkel spürte ich Evans Blick auf mir, doch ich ließ mir noch einen Moment Zeit, verfolgte stattdessen Lily und Cage, bis sie von der Menge verschluckt wurden. »Wolltest du mich deswegen nicht treffen? Hast du seinetwegen sämtliche meiner Anrufe abgeblockt und …«, schnauzte er mich an und brachte mich so dazu, ihn direkt anzusehen.

Die unverhohlene Eifersucht in seinen Augen

sorgte dafür, dass ich erschauerte. Aber mehr als alles andere wurde ich wütend. »Du hast kein Recht, mir eine derartige Szene zu machen, Evan Cavanaugh«, blaffte ich ihn an. »Wir sind fertig miteinander und das seit einem Jahr. Du hast deinen Standpunkt damals mehr als deutlich gemacht!«, redete ich mich in Rage und schnappte nach Luft, weil Evan nach meinem Handgelenk griff.

»*Ich* habe meinen Standpunkt deutlich gemacht?! *Du* warst doch nicht in der Lage, eine Entscheidung zu treffen! Und jetzt tauchst du hier mit meinem größten Konkurrenten auf und machst ihm schöne Augen?!«, knurrte er und zog mich mit einem Ruck dicht an sich.

Ich prallte gegen seinen Körper und stützte mich automatisch mit meiner freien Hand an seiner Brust ab. Sein mir in die Nase steigender Geruch, vermischt mit dem Duft seines Aftershaves, kitzelte meine Sinne und ließ eine ganze Flut von Erinnerungen auf mich einprasseln. Mein Verlangen nach Evan erwachte mit der Gewalt eines Hurrikans in mir und zu meiner Erschütterung hatte ich ihm nichts entgegenzusetzen.

»Du spielst mit dem Feuer, Honey«, grollte er und packte mich noch fester.

Honey?!

»Du hast jegliches Recht verloren, mich so zu nennen! Lass mich in Ruhe. Ein für alle Mal!«, zischte ich, befreite mich mit einer heftigen Bewegung aus seiner Umklammerung und wirbelte herum.

Mein Herz raste wie verrückt, doch nicht vor Ärger. Es war dieser kurze und eigentlich harmlose Körperkontakt mit Evan, der es vollkommen aus dem Takt brachte. Dort, wo seine Finger mein Handgelenk umfasst hatten, kribbelte meine Haut und tief in mir gab es einen Teil, der sich einfach nur umdrehen, zurückgehen und sich in Evans Arme werfen wollte.

Aber die Vernunft in mir gewann die Oberhand und so ging ich zurück zu meinem Begleiter, der sich angeregt mit seinen Kollegen unterhielt und von meinem Wortgefecht mit Evan Gott sei Dank nichts mitbekommen hatte.

Lächelnd hakte ich mich bei ihm unter und verteufelte mich für meine Entscheidung, auf diese Gala zu gehen. Ich würde drei Kreuze machen, wenn dieser Abend vorbei war.

KAPITEL 18

EVAN

Ich gönnte Anna ihre kleine Verschnaufpause, doch wenn sie glaubte, dass sie mich mit ihrem gezischten »Lass mich in Ruhe« endgültig in die Flucht geschlagen hatte, war sie schief gewickelt. Im Moment tanzte sie mit einem Fahrer aus einem mit *Hurricane Motors* konkurrierenden Rennstall. Zumindest war es nicht Tim, den hatte ich zuletzt mit irgendeiner Blondine den Saal verlassen sehen.

Arschloch.

Wenn Anna mit mir hier wäre, würde ich sie nicht eine verfickte Sekunde aus den Augen lassen.

Dass der scheinbar für Tim eingesprungene Ersatz-Flachwichser seine Hand gefährlich tief auf ihrem Rücken platziert und sie so eng an sich gezogen hatte, dass kein Blatt Papier mehr zwischen ihre Körper passte, machte mich dennoch wütend.

Anna lachte über irgendetwas, das der lebensmüde Vollidiot von sich gegeben hatte, und ich ballte meine Hände zu Fäusten, als er sich zu ihr hinunterbeugte, um ihr etwas ins Ohr zu raunen.

»Wie lange willst du dir das noch angucken?«, ertönte die Stimme meines besten Kumpels neben mir. Ich warf Cage einen genervten Blick zu, welchen dieser mit einem spöttischen Grinsen quittierte. »Du lässt dir echt von Anna so auf der Nase herumtanzen?!«

»Ganz sicher nicht«, knurrte ich.

»Ich an deiner Stelle würde sie mir schnappen, in

irgendeinen Nebenraum schaffen und ihr klarmachen, wer hier das Sagen hat. Bring ihren Hintern zum Glühen und vögel sie um den Verstand. Hilft garantiert.«

Fassungslos starrte ich ihn an. Dieser selten dämliche Pisser vergaß immer wieder, dass er *das* jetzt mit meiner kleinen Schwester machte. Detaillierte Infos darüber, wie er Lily bändigte, waren definitiv over the top.

»Alter, merkst du noch was?!«, blaffte ich ihn an und Cage besaß zumindest den Anstand, schuldbewusst zusammenzuzucken.

»Fuck, ich habe nicht dran gedacht, dass solche Gespräche neuerdings tabu sind«, verteidigte er sich und grinste amüsiert. »Sich sozial-kompatibel zu verhalten, ist verfickt anstrengend. Mein heutiges Kontingent an Sozialverhalten habe ich vorhin bei Anna verbraucht«, witzelte er, doch im Grunde war das bitterer Ernst. Cages moralischer Kompass war echt so im Arsch, dass ich eigentlich nur froh darüber sein konnte, dass er Lily an seiner Seite hatte. »Im Übrigen haben wir immer über sowas geredet!«

»Haben wir. Bevor du angefangen hast, meine Schwester zu vögeln. *Darüber* will ich definitiv nicht mehr als unbedingt notwendig wissen. Also genau genommen gar nichts«, erwiderte ich und machte ein angeekeltes Gesicht, was meinen besten Kumpel dazu brachte, mir seine Faust in die Seite zu rammen.

»Pissbacke«, maulte er mich an und ich fing an zu lachen, weil er - ob bewusst oder unbewusst - mal wieder einen von Lilys Schimpfnamen für mich übernommen hatte. »Wie auch immer, du solltest Anna klarmachen, dass ihr Arsch dir gehört.«

»Cage.« Ich seufzte. Niemand sonst hatte es so drauf wie er, sich mit nur wenigen Sätzen verbal in die Scheiße zu reiten. Dabei meinte er es nicht einmal immer so rüde, wie er es sagte.

»Was?! Ich habe von Annas Knackarsch gesprochen, nicht von dem deiner Schwester!«, empörte er sich. »Der widerspenstige Rotschopf braucht dringend eine Lektion.«

Ich sah wieder zu Anna, die nach wie vor engumschlungen mit der Konkurrenz tanzte. Dieses kleine Aas besaß die Frechheit, mich herausfordernd anzugucken, bevor sie sich noch enger an den lebensmüden Schwachmaten schmiegte und ihren Kopf auf seiner Schulter ablegte.

Es reichte.

Sowas von.

»Ich werde das jetzt beenden«, presste ich kochend vor Wut hervor, ließ Cage stehen und machte mich auf den Weg zu ihr.

Ich unterdrückte ein triumphierendes Grinsen, als ich wahrnahm, wie sich Annas Augen vor Schreck kurz weiteten.

»Darf ich?«, bellte ich, kaum dass ich bei den beiden angekommen war, und der Loser räumte wie erwartet sofort das Feld.

Ich griff nach Annas Fingern, legte meine andere Hand an ihre Taille und zog sie gegen ihren Protest dicht an mich. »Ich möchte nicht mehr tanzen«, murrte sie trotzig und versuchte, mich von sich zu schieben. »Außerdem sollte ich mich langsam mal nach Tim umsehen.«

»Einen Scheiß wirst du. Wir tanzen. Die Alternative ist, dass ich dich in einen Nebenraum bringe und dir dort den Verstand herausvögele«, zischte ich. Dass ich das ohnehin vorhatte, musste sie jetzt noch nicht wissen. Tanzte sie mit mir, gewann sie lediglich ein paar Minuten. Doch so oder so würde sie stöhnend und um mehr bettelnd unter mir landen. »Deine *Begleitung* hat sich im Übrigen mit irgendeiner blondierten Tussi verdrückt. Ich glaube nicht, dass er *dich* aktuell vermisst.«

Anna fuhr zusammen und ein verletzter Ausdruck huschte über ihr Gesicht. Bedeutete ihr Tim, dieser Wichser, etwa irgendwas?! Ihre Reaktion verwirrte mich, bisher hatte ich den Eindruck gehabt, dass sie nur mit ihm hier aufgetaucht war, um mich zu ärgern.

»Zwischen uns wird nie wieder etwas laufen! *Nie wieder*!«, giftete sie mich an und heilige Scheiße, mein Schwanz zuckte vor Vorfreude bei dem Gedanken daran, ihr gleich das Gegenteil zu beweisen. »Wir sind fertig miteinander! Wie oft muss ich das eigentlich noch wiederholen?!« Ihre blauen Augen sprühten förmlich Funken und das, zusammen mit der Empörung in ihrem Gesicht, sorgte dafür, dass ich nur noch geiler auf sie wurde.

»Du …« Ich stockte, weil mir in diesem Moment etwas auffiel, das ich bisher nur vermutet aber dann als abwegig wieder verworfen hatte. Tastend strich ich über Annas Taille nach hinten zu ihrem Rücken und blickte ihr danach starr in die Augen. »Trägst du etwa tatsächlich kein Höschen?!«, knurrte ich, was Anna dazu brachte, zu erröten und ihre Lider zu senken.

Das war dann wohl die schüchterne Version eines *Ja*.

Scheiße, es erwischte mich jedes Mal wieder eiskalt, wie jung und damit eben auch unerfahren sie war.

»Bei diesem Kleid hätte Wäsche darunter nur aufgetragen«, wisperte sie und mein Hirn erlitt einen Kurzschluss. Meine süße kleine Anna war nackt unter diesem mörderisch scharfen Fummel, der sich wie eine zweite Haut an ihren Körper schmiegte?! »Lily hat gemeint, dass das sowieso niemand merken würde.«

Lilian hatte ihr vorgeschlagen, praktisch nackt auf diese Gala zu gehen?!

War meine jüngere Schwester noch zu retten?!

Ich war mir sicher, dass auch der Primat, mit dem sie vorhin getanzt hatte, gespürt hatte, dass sie nichts drunter trug. Nur deswegen hatte er sie vermutlich so dicht an sich gepresst. Eifersucht kochte in mir hoch und Anna quietschte erschrocken, als ich ihr Handgelenk umfasste.

»Du und ich klären das jetzt.«

Mein Schwanz pulsierte, als ich die kurz in ihren Augen aufflackernde Gier wahrnahm. Dass Anna die Reaktionen ihres Körpers nicht unter Kontrolle hatte, spielte mir in die Hände. Sie konnte sagen, was sie wollte, doch sie war definitiv noch *nicht* fertig mit mir. Sie wollte mich ebenso sehr wie ich sie.

Das mochte sie mit Worten zwar leugnen, aber ihre Körpersprache war eine ganz andere. Die

Signale, die sie aussandte, waren eindeutig.

»Es gibt nichts zu klären, ich habe dir gesagt, dass es vorbei ist!«, fauchte sie dennoch, doch ich ignorierte ihren Einwand und zog sie hinter mir her quer durch den Saal.

Anna war zu wohlerzogen, um eine öffentliche Szene zu riskieren, und so folgte sie mir, wenn auch nur störrisch, während ich darauf achtete, nicht zu schnell zu gehen, da sie mörderisch hohe Stilettos trug. Vor dem Festsaal angekommen sah ich mich suchend um und zerrte sie anschließend zu einem Nebenraum am Ende des Ganges. Ich schaute mich kurz um, ob uns jemand beobachtete, ehe ich die Tür öffnete, Anna hinein bugsierte und ihr hinterherging. Mit einem Krachen flog die Tür hinter uns zu und ich drehte den Schlüssel im Schloss einmal herum, bevor ich das Licht in dem fensterlosen Raum einschaltete und mich Anna zuwandte.

Wutentbrannt stand sie mitten im Zimmer und stemmte die Hände empört in die Seiten.

»Bist du jetzt vollkommen wahnsinnig geworden?! Was an *es ist vorbei* hast du nicht verstanden?!« Ihre Stimme zitterte, kaum wahrnehmbar, doch ich hatte es vernommen und ahnte, welchen inneren Kampf sie wieder mal mit sich ausfocht. »Bleib ja weg von mir!«, fuhr sie mich an, als ich einen Schritt auf sie zu machte. »Evan!« Ihre Stimme kippte nach oben weg und sie wich nach hinten aus, weil ich mich ihr unaufhaltsam näherte.

Befriedigt registrierte ich, wie sie gegen die Wand in ihrem Rücken prallte. Anna starrte mich wie ein verschrecktes Reh an, doch da war noch etwas anderes in ihrem Blick. Direkt unter der Oberfläche, gut versteckt, aber ich kannte die Zeichen - und ich würde sie zu meinem Vorteil nutzen, um mir zu holen, was ich wollte.

Annas heiße, feuchte, enge Pussy um meinen Schwanz.

Ihr Seufzen, wenn ich immer wieder hart und tief in sie stieß.

Der verklärte Ausdruck in ihren Augen, kurz bevor sie kam.

Ihr zuckender Körper und ihre vor Lust raue Stimme, wenn sie wieder und wieder meinen Namen stöhnte.

Der bloße Gedanke daran ließ mich noch härter werden, als ich es bereits war.

»Sag mir, dass du mich nicht willst, und ich lasse dich gehen«, setzte ich alles auf eine Karte und stützte mich mit den Händen links und rechts von ihrem Kopf ab.

Langsam beugte ich mich zu ihr hinunter und strich mit meinem Mund über ihren.

»Sag es, Anna«, raunte ich und drängte meinen Körper gegen ihren. Sie erschauerte und mein Schwanz zuckte ein weiteres Mal voller Vorfreude. »Letzte Chance«, murmelte ich und streichelte mit den Fingerspitzen über die nackte Haut oberhalb ihres Brustansatzes. »Sieh mir in die Augen und sag mir, dass du nicht von mir gefickt werden möchtest, dann gehe ich und trete dir nie wieder zu nahe.«

»Ich … ich …«, stammelte sie und ihre Wangen wurden rot.

Verlegen blickte sie zur Seite, doch das ließ ich ihr nicht durchgehen. Grob umfasste ich ihr Kinn und brachte sie so dazu, mich wieder anzuschauen.

»Evan«, flehte sie, aber ich schüttelte nur mit dem Kopf.

»Du bist mit meinem größten Rivalen hier aufgetaucht, hast mich den halben Abend lang links liegen lassen und dann die Unverfrorenheit besessen, vor meinen Augen mit einem anderen Mann bewusst eng umschlungen zu tanzen. Gnade kannst du von mir nicht erwarten.« Ich drückte mich noch enger an sie und hörte sie nach Luft schnappen, als sie meine Erektion wahrnahm.

»Aber … aber … doch nicht hier?!«, stotterte sie und keuchte erstickt, weil ich meinen Mund auf ihren presste und sie küsste.

Sie nach diesem verfickt langen Jahr wieder zu schmecken, brachte mich um meinen verschissenen Verstand. Es war eine halbe Ewigkeit her und sie jetzt so zu spüren, fachte meine Gier auf sie nur noch weiter an.

»Genau hier«, antwortete ich zwischen zwei Küssen und zerrte an dem engen Stoff ihres Abendkleides.

Anna stöhnte heiser, als ich mit meiner Zunge in ihre Mundhöhle glitt. Wenige Sekunden später schlang sie ihre Arme um meinen Hals und erwiderte meinen Kuss mit einer Intensität, die selbst mich überraschte.

Meine süße, unerfahrene Anna zeigte mir unverhohlen, wie geil sie auf mich war, und dieser Umstand wirkte wie ein Brandbeschleuniger auf mein Verlangen. Fluchend löste ich mich von ihr, griff nach ihrem Kleid und zog es ihr mit einer schnellen Bewegung über den Kopf.

Heilige Scheiße.

Anna nackt nur auf diesen mörderisch hohen High Heels war so rattenscharf, dass ich kurz davor war, endgültig die Kontrolle zu verlieren.

»Auf die Knie, Honey.«

Anna riss ihre Augen erschrocken auf und schüttelte entschieden den Kopf.

»Das … das mache ich sicher nicht!«

Ein Zittern ging durch ihren Körper, als ich mich erneut an sie schmiegte und sie leidenschaftlich küsste.

»Ich will deine verführerischen Lippen um meinen Schwanz. Jetzt. Also knie dich hin.«

Cage war manchmal ein bescheuerter Wichser, aber im Grunde genommen hatte er Recht. Es war an der Zeit, ihr zu zeigen, wem ihr Arsch - beziehungsweise in dem Fall ihr Mund - gehörte.

Ich wollte auch hier ihr Erster sein.

Anna als meinen Besitz brandmarken.

Fuck, ich war sowas von im Arsch, solche archaischen Besitzansprüche waren mir normalerweise fremd, weil mir die Tussis, mit denen ich schlief, scheißegal waren. Doch bei Anna machte mich die bloße Vorstellung rasend, dass ein anderer sie auch nur anfasste.

»Auf die Knie«, wiederholte ich meinen Befehl ein weiteres Mal.

»Evan … bitte«, flehte sie, aber ich schüttelte mit dem Kopf. »Ich … ich … kann das nicht, ich … ich habe noch nie …« Sie brach ab, als ich tadelnd mit der Zunge schnalzte.

»Mir ist klar, dass du das noch nie getan hast. Vergiss nicht, mit wem du hier sprichst.«

Ich streichelte zärtlich mit den Fingerkuppen über ihr Schlüsselbein, glitt dann tiefer und umfasste ihre Brust. Anna stöhnte wollüstig, als ich meinen Mund auf ihren harten und aufgerichteten Nippel senkte und sanft zubiss.

»Gerade das macht mich ja so geil«, nuschelte ich an ihrer Haut und spürte, wie ein heftiges Zittern durch ihren Körper ging.

Ich löste mich von ihr und sah ihr tief in die Augen. »Ich bitte dich nicht noch einmal.«

»*Bitten*?! Du hast mich überhaupt nicht gebeten!«, explodierte sie wie von mir erwartet und spielte mir damit in die Hände. »Du erteilst Befehle, als hättest du irgendeinen Anspruch auf …«

Anna schnappte erschrocken nach Luft, als ich sie grob gegen die Wand stieß und meine Hand ohne Umschweife zwischen ihre Beine gleiten ließ. Ich grinste triumphierend und senkte meinen Kopf, bis unsere Lippen nur noch wenige Zentimeter voneinander entfernt waren.

»Du bist bereits jetzt nass, willst du tatsächlich behaupten, dass dich der Gedanke nicht scharfmacht?!«, provozierte ich sie und presste meinen Handballen auf ihre Klit, während ich einen Finger in sie schob.

Anna keuchte heiser und fuck, dieser kleine Laut ging mir durch und durch und ließ meinen Schwanz pulsieren. Sie murrte ungehalten, als ich meinen Finger aus ihr zurückzog und ein paar Schritte nach hinten machte.

»Komm zu mir. Auf allen vieren«, grollte ich.

In ihren Augen flackerte Widerstand auf, was ich einfach nur rattenscharf fand. Sie kämpfte noch einen Moment mit sich, doch dann ließ sie sich zu Boden sinken. Langsam krabbelte sie auf mich zu, nicht ohne mich dabei mit ihrem Blick förmlich aufzuspießen. Genau das machte mich so verrückt nach ihr. Sie war jung, unverdorben, doch die Anlagen für eine leidenschaftliche Frau waren da. Sie hatte Feuer. Und was für welches.

Anna war trotz ihrer Unerfahrenheit nicht komplett berechenbar. Nicht mal für mich. In Augenblicken wie diesen brach ihre Widerspenstigkeit durch. Jede Andere hätte vermutlich ihren Kopf gesenkt und jeglichen Blickkontakt vermieden, doch nicht meine süße Anna.

Bei mir angekommen legte sie die Hände auf meine Oberschenkel und strich nach oben. Ich stöhnte rau, als sie meinen Reißverschluss sowie den Knopf meiner Hose öffnete und sie zeitgleich mit meinen Pants hinunterzog.

»Ich … du musst … also … Herrgott!«, herrschte sie sich selbst schließlich an und atmete einmal tief durch. »Du musst mir helfen. Mir zeigen, was dir gefällt.«

Ich zuckte zusammen, weil dieses kleine Biest völlig unvermittelt meinen Schwanz mit ihren Fingern zu umfassen versuchte. Fuck. Sie sah zu mir auf, während sie ihre Lippen um meine Schwanzspitze legte und ihn dann langsam tiefer in ihre Mundhöhle gleiten ließ.

Heilige …

Ihr verboten heißer Anblick und ihre feuchten,

süßen Lippen um meinen Schaft machten mich wahnsinnig und ich benötigte meine ganze Willenskraft, um mich nicht völlig zu vergessen.

»Drück deine Zunge etwas fester von unten gegen meinen Schwanz, Honey«, raunte ich.

Anna erstarrte kurz, als ich mit einer Hand in ihre Haare fuhr, ließ sich dann aber von mir dirigieren. Stöhnend verstärkte ich meinen Griff und schob mich noch ein wenig tiefer, nicht ohne ihr zwischendurch die nötige Zeit zu geben, sich daran zu gewöhnen. Anna presste ihre Zunge gegen die Unterseite meines Schwanzes, was mich heiser ihren Namen keuchen ließ und mich dazu brachte, den Rhythmus etwas zu beschleunigen.

»Erhöhe den Unterdruck ein bisschen, indem du …«, ich brach ab, weil Anna bereits reagierte und den Druck um meinen Schaft noch verstärkte. Sie seufzte leise und die verfluchte Vibration, die sie damit auslöste, ließ mich laut stöhnen und ihr Haar noch fester packen. »Das ist perfekt. Verfickt perfekt«, murmelte ich.

Anna sah zu mir auf und als unsere Blicke sich trafen, drang ich ein wenig weiter in ihre Mundhöhle ein, nur um mich dann zurückzuziehen und erneut zuzustoßen. Fuck, ich war in Versuchung, das hier bis zum Ende durchzuziehen, doch sie nicht zu vögeln, kam nicht infrage.

Anna blickte mich fragend und ein bisschen unsicher an, als ich meinen Schwanz nach einer Weile aus ihrem Mund gleiten ließ.

»Nicht heute«, quetschte ich hervor, packte sie an den Schultern und zog sie auf ihre Füße.

Ungeduldig drängte ich sie wieder gegen die

Wand in ihrem Rücken. Anna schlang ihre Arme um meinen Hals, während ich in ihre Kniekehle griff und ihr Bein um meine Hüfte legte. Sie atmete scharf ein, als ich mehrmals mit meiner Schwanzspitze durch ihre Pussy strich und mich schließlich mit einem kraftvollen Stoß tief in ihr versenkte.

»Hat die Flachzange vorhin dich ebenfalls gefragt, ob du keine Unterwäsche trägst?«, presste ich bis zum Anschlag in ihr hervor. »Oder Tim?! Weiß er, dass du heute quasi nackt unterwegs bist?!«

Seit wann läuft das mit ihm?!

Schläfst du mit ihm?!

Nur zwei der Fragen, die zu stellen ich kein verdammtes Recht hatte, die aber auf meiner Zunge lagen.

»Das willst du *jetzt* wissen?!« Anna keuchte verzückt, als ich meine Finger auf ihre Klit legte und sie sanft kreisen ließ. »Ernsthaft?!«

»Ernsthaft. Antworte mir!«, blaffte ich.

»Im Gegensatz zu dir wusste er sich zu benehmen«, maulte sie mich an und versuchte, mich mit ihren Blicken zu erdolchen. »Wenn … er … was … gemerkt … hat, hat … er … es … für … sich … behalten. Und … was …Tim … angeht … Nein … weiß … er … nicht.«

Bei jedem Wort, das sie gesprochen hatte, hatte ich mich beinahe zur Gänze aus ihr zurückgezogen, nur um sogleich wieder mit einem harten und intensiven Stoß in sie einzudringen. Annas feuchte Enge umschloss meinen Schwanz immer fester.

»Hat er dich gehabt?!«

What the fuck?!

Was zur Hölle tat ich hier?!

Wollte ich die Antwort auf diese Frage wirklich hören?! Die Wahrheit war: Ich wollte nur ein verficktes *Nein* hören.

»Sag es!«, knurrte ich und fickte sie noch härter und hemmungsloser gegen die Wand.

Anna stieß ein leises, heiseres Wimmern aus, während sie sich mir entgegen drückte, mich noch tiefer in sich aufnahm.

»Hat er nicht«, flüsterte sie mit rauer Stimme und verbarg ihren Kopf in meiner Halsbeuge. »Du bist der Einzige. Warst du immer.«

Fuck.

Endgültig die Kontrolle verlierend pinnte ich sie gegen die Zimmerwand und beschleunigte den Rhythmus, in dem ich sie vögelte, ein weiteres Mal. Wenige Stöße später spannte Anna sich an und stöhnte meinen Namen. Ihre Pussy zog sich so eng um meinen Schwanz zusammen, dass ich laut fluchte. Ich drang ein letztes Mal bis zu meiner Wurzel in sie ein, bevor ich tief in ihr kam.

Anna murmelte immer wieder meinen Namen, lehnte sich schließlich etwas zurück und zog mich zu sich hinunter. Sie küsste mich wie eine Ertrinkende und klammerte sich fest an mich. »Noch nicht«, flehte sie, als ich mich aus ihr zurückziehen wollte. »Noch nicht.«

Ich lächelte und legte eine Hand an ihre Wange. »Was hältst du davon, wenn wir von hier verschwinden?«, fragte ich selbst noch etwas kurzatmig. Sie fing zu strahlen an und nickte. »Wir verabschieden uns kurz von Cage und Lily und hauen dann ab.« Dieses Mal protestierte sie nicht, als ich mich von ihr löste. Ich richtete meine Kleidung und schmunzelte, als Anna sich nach ihrem Kleid bückte und es wieder überzog.

»Ich sehe bestimmt völlig zerzaust und derangiert aus«, murmelte sie und versuchte vergeblich, Ordnung in ihre Locken zu bringen. »Ich verschwinde noch schnell, um mich frischzumachen. Du kannst ja schon einmal deine Schwester und Cage suchen gehen, okay?« Ich nickte, griff nach ihrer Hand und zog sie mit mir.

Nachdem ich die Tür geöffnet hatte, zog ich sie kurz an mich, drückte einen Kuss auf ihren Mund und blickte ihr hinterher, bis sie mit wiegenden Hüften um die Ecke gebogen war. Ich konnte es kaum erwarten, sie fort von hier zu bringen. Wir hatten so viel nachzuholen. Anna würde diese Nacht nicht eine verfickte Sekunde schlafen, dafür würde ich sorgen.

KAPITEL 19

EVAN

Im Saal angekommen sah ich mich suchend nach Lily und Cage um und fand die beiden auf der Tanzfläche. Schmunzelnd beobachtete ich meinen besten Freund und meine kleine Schwester einen Augenblick. Cage hasste es eigentlich, zu tanzen, doch Lily war er offensichtlich so verfallen, dass er sogar *das* für sie tat. Von seinem Versuch, nicht mehr ständig anzuecken, einmal abgesehen.

Als er mich entdeckte, raunte er meiner Schwester etwas zu, woraufhin auch diese in meine Richtung blickte. Hand in Hand kamen sie auf mich zu, Cage mit seinem üblichen spöttisch-süffisanten Grinsen und Lily mit einem vorsichtigen, hoffnungsvollen Lächeln.

»Und Alter, hast du dem widerspenstigen Rotschopf klargemacht, was für Konsequenzen es hat, wenn sie dir so auf der Nase herumtanzt?!«, fragte er mich, kaum dass sie bei mir eingetroffen waren. Lily schnaubte entrüstet und verpasste ihm mit ihrem Ellenbogen einen Seitenhieb. »Was denn?! Immerhin habe ich nicht direkt gefragt, ob er ihr den Verstand herausgevögelt hat, ist das denn gar nichts wert?!«, empörte sich Cage und wich meiner Schwester aus.

»Wir haben die Dinge geklärt … denke ich«, antwortete ich diplomatisch, worauf Cages Gesichtsausdruck argwöhnisch wurde.

Lily hingegen fing an zu lächeln. »Dann hat sie sich also für dich und gegen ihren Vater entschieden? Gott sei Dank, ich hatte wirklich schon befürchtet, sie sagt ihm morgen, dass er seinen Willen bekommt und sie sich mit seinem Wunschkandidaten verlobt.«

What the fuck?!

Das war immer noch nicht vom Tisch? Was machte sie dann in diesem heißen Fummel auf der Gala?

Lilys Worte trafen mich mit der Wucht eines Vorschlaghammers und ich fühlte mich, als wäre ich in einer Art teuflischer Zeitschleife gefangen und ein Jahr zurückkatapultiert worden. Oder noch eins, das war im Grunde scheißegal, weil wir immer wieder am selben Punkt landeten.

Ich verfickter Idiot. *Nichts* hatte sich geändert. Es war wie jedes Mal zuvor auch. Wir schliefen miteinander und hinterher lief alles schief.

»Wo ist Anna überhaupt?«, drang Lilys Stimme in meine Gedanken.

»Sich frischmachen«, antwortete ich mechanisch und hörte nur mit halbem Ohr, wie Lily verkündete, dass sie gleich wieder da sei, weil sie schnell ihr Make-up erneuern wollte.

»So ein Schwachsinn. Sie will Anna aushorchen«, beschwerte sich Cage, kaum dass Lily fort war und sah mir dann prüfend in die Augen. »Erzähl mal. Bindest du dich jetzt? An die Kirchenmaus? Wir scheinen ja beide einen Faible für die Frauen zu haben, die wir schon ne Ewigkeit kennen.«

Was zur Hölle? Binden? Ich?!

»Warum sollte ich mich binden?!«, fragte ich verblüfft nach und Cage sah mich an, als sei ich nicht mehr ganz zurechnungsfähig. War ich im falschen Film? Das war doch immer noch Cage »Teufelshauch« Maddox, mit dem ich hier sprach, oder?!

»Was zum Teufel sollte dein Ausbruch vorhin denn sonst bedeuten?!«, bohrte mein Buddy nach. Fuck. Er meinte diese Frage tatsächlich *ernst*?! Zum ersten Mal ging mir der geläuterte Cage gehörig auf den Zeiger. Das hätte mich der alte Teufelshauch nie gefragt.

»Ich und mich binden … du tickst doch nicht mehr ganz richtig!«, blaffte ich ihn an und machte eine entsprechende Geste.

»*Ich* ticke nicht mehr ganz richtig?! Dasselbe könnte ich dir vorwerfen, Pissbacke!«, maulte Cage zurück und schüttelte mit dem Kopf. »Hat dich das vergangene Jahr mit all den wechselnden Weibern und deiner ständigen Herumfickerei in irgendeiner Form weitergebracht?«

Verdammt.

Wer war der Klugscheißer und was hatte er mit meinem besten Freund gemacht?!

Doch bevor ich antworten konnte, sprach er weiter. »Ich habe das alles durch und wo mich das hingeführt hat, muss ich dir nicht sagen. Das Jahr ohne Lily war das beschissenste meines gesamten Lebens. Selbst die Zeit unter der Fuchtel meiner Erzeuger ist angenehmer gewesen. Aber du musst selbst wissen, was du tust.« Er zuckte gespielt gleichgültig mit den Schultern, aber anhand seines Blicks war mir klar, dass das Show war. Seiner Meinung nach ging ich den falschen Weg, da er ahnte, was ich vor hatte.

Cage mochte Recht haben - doch seine

neugewonnene Weisheit pisste mich so richtig an. Obwohl er gerade bewies, dass er sich wirklich geändert hatte, ging er mir so auf den Zeiger, dass ich ihm eine reinhauen wollte. Vor nicht mal einer Stunde hatte ich meinen besten Freund zum Wohle meiner Schwester einem Treuetest unterzogen, von dem er nichts wusste und den er mit Bravour bestanden hatte, aber das hier krönte sein Verhalten noch. Nur dieses Mal freute ich mich kein bisschen über seine Fortschritte in Sachen Verträglichkeit.

»Anna wartet draußen auf dich«, ertönte Lilys Stimme neben mir und ich verzog das Gesicht.

Meine Schwester schaute mich fragend an, doch ich hatte nicht den Nerv, mir ihre Schimpftirade anzuhören. Lily würde noch früh genug erfahren, dass das mit Anna und mir nirgendwo hinführte. Ich zwang mich zu einem Lächeln, drückte sie kurz an mich und machte mich dann auf den Weg zu Anna.

Draußen angekommen blickte ich mich einen Moment um und entdeckte sie an eine Säule gelehnt und verträumt vor sich hinlächelnd. Fuck. Ihr Lächeln wurde noch breiter, als sie mich erblickte, erstarb jedoch langsam, je näher ich kam.

»Dein Dad will morgen eine Entscheidung von dir?«, fragte ich sie müde und resigniert. Anna sackte ein wenig in sich zusammen und nickte vorsichtig. »Weißt du schon, was du ihm sagen wirst?«

Ich hatte keine Ahnung, warum ich ihr diese Frage überhaupt stellte. Im Grunde genommen konnte es mir doch egal sein und ich ahnte ohnehin, dass sie wieder den Schwanz einkneifen würde. Wie jedes Mal.

»Du kennst meine Meinung dazu, Anna. Ein gepflegtes *fick dich* und dein eigenes Leben zu leben, wäre meinem Eindruck nach die einzig richtige Entscheidung. Das ist kein Leben für dich. Du merkst doch selbst, dass das nicht du bist. Sonst wäre zwischen uns nicht seit zwei Jahren ständig was am Laufen.«

Ihre Miene erhellte sich und das irritierte mich, weil sie früher nie so auf diesen Vorschlag reagiert hatte. »Ich hatte gehofft, dass wir darüber reden. Dass du dieses Mal für mich da bist. Dass du … *uns* jetzt auch willst.« Ihre Stimme klang hoffnungsvoll und ich fühlte mich wie ein verschissenes Arschloch, noch ehe ich aussprach, was mir durch den Kopf ging.

»Du hast mich missverstanden. Halt mich da raus. Mach deine Entscheidung nicht von *mir* abhängig. Ich … es … es hat sich nichts geändert. Ich will nichts Festes. Und seien wir doch mal ehrlich. Im entscheidenden Moment würdest du eh wieder kneifen und Daddys kleines Mädchen spielen. Dass du diese Wahl bis auf den letzten Tag hinausgezögert hast, sagt im Grunde genommen alles. Jetzt nur meinetwegen einen anderen Weg einzuschlagen, wäre falsch und ich will mir später nicht nachsagen lassen, dass ich bleiben oder dir mehr geben müsste, nur weil du dich gegen eine Zwangsehe entschieden hast«, überspitzte ich die Situation bewusst.

Annas Augen füllten sich mit Tränen und ein Teil von mir wollte sie umgehend in den Arm nehmen und trösten. Ihr sagen, dass ich es nicht so gemeint hatte. Dass ich das Gleiche wie sie wollte. Doch ich konnte nicht.

Ich wollte nicht den Vorwurf in ihren Augen lesen, dass ich sie später nicht verlassen könnte, wenn das zwischen uns sich erwartungsgemäß als Luftnummer erwies. Anna jetzt zu bestärken, ihrem Dad die Stirn zu bieten, wäre genauso wie eine Verlobung. Ich wäre dann ebenso fest an sie gekettet, nur spielte da kein Ring, sondern Moral und eine emotionale Verantwortung eine Rolle.

»Ich kann nicht fassen, dass wir wieder an diesem Punkt sind«, wisperte sie mit belegter Stimme und wischte sich energisch mit den Händen über das Gesicht. »Dass du mir noch einmal so weh tust wie vor einem Jahr.«

»Dass *ich* dir noch einmal so weh tue?!« Ich sog scharf die Luft ein. »Dass ich nichts Ernstes will, ist nichts Neues für dich, Anna.«

Dass ich sie heute Abend vor lauter Eifersucht in einen Nebenraum geschleift hatte, um dort meine Besitzansprüche auf ziemlich eindeutige Art und Weise geltend zu machen, ignorierte ich geflissentlich.

»Ich habe immer mit offenen Karten gespielt«, verteidigte ich mich.

Aber hatte ich das wirklich? Wenn ich ganz ehrlich war, hatte ich mich einfach nur ausgeschwiegen, weil ich nichts mehr als Anna gewollt hatte. Das erste Mal hatte ich vor einem Jahr das Maul aufgemacht. Doch konnte ich Anna nach meinem Auftritt heute Abend tatsächlich verübeln, dass sie glaubte, ich würde jetzt ebenfalls eine Beziehung wollen? Nein. Ich war ja selbst nicht überzeugt. Aber die Verpflichtung, die an mir kleben würde, sobald Anna ihrem Dad meinetwegen eine andere Antwort als vermutet gab, schnürte mir die Luft ab. Das wollte ich nicht.

»Das hast du wohl«, quetschte sie hervor und wandte sich ab. Ich legte eine Hand auf ihre Schulter, aber Anna schüttelte mich ab. »Geh weg. Bitte«, flehte sie mit brüchiger Stimme.

»Anna, ich …«, fing ich an, wollte ihr vorschlagen, dass wir es locker angehen lassen könnten, doch sie unterbrach mich.

»Ehrlich. Ich habe genug. Du willst nicht, was ich will und das wird sich nie ändern. Verschwinde einfach«, schniefte sie und ich wurde wütend.

»Du weißt doch selbst nicht, was du willst. Ich verwette meine Armbanduhr, dass du deinem Daddy morgen sagen wirst, was er hören möchte«, blaffte ich sie an und ließ sie dann stehen.

Mit jedem Schritt, den ich mich von ihr entfernte, fühlte ich mich beschissener. Ich hatte das Richtige getan - aber aus irgendeinem Grund verspürte ich keine Erleichterung.

Sollte Cage, dieser blöde Flachwichser, tatsächlich Recht behalten?!

KAPITEL 20

ANNA

Ich lauschte Evans sich entfernenden Schritten, verharrte in meiner Haltung, bis ich sicher war, dass er fort war. Erst dann erlaubte ich mir, mich umzudrehen. Gegen die Säule gelehnt ließ ich mich nach unten gleiten, zog die Beine an meinen Oberkörper und schlug die Hände vor mein Gesicht.

Aufschluchzend ließ ich den Kopf auf meine Knie sinken und weinte. Dass Evan nach wie vor nicht an einer ernsthaften Bindung interessiert war, hatte mich eiskalt erwischt. Sein eifersüchtiger Auftritt und das, was er anschließend in dem Nebenraum gesagt und getan hatte, hatten mir einen gänzlich anderen Eindruck vermittelt.

»Er ist fort, hm?«, ertönte ausgerechnet Cage Maddox‘ Stimme neben mir. Ich hob den Kopf, nickte und blickte ihn durch meinen Tränenschleier hindurch an. »Du willst das jetzt vielleicht nicht hören, aber ich denke, es ist besser so.«

Wie bitte?!

»Dass *du* das besser findest, war ja klar. Du mochtest mich nie!«, schnauzte ich ihn an und stöhnte entnervt, als er sich neben mich setzte. »Verpiss dich. Geh zu Evan und stoß mit ihm an, weil er die naive, kleine Kirchenmaus noch einmal klargemacht hat, ehe er … ehe er … ach vergiss es!«, blaffte ich und rückte etwas ab von ihm.

»Du weißt nicht, wer du bist, Küken«, erwiderte er mit sanfter Stimme und überbrückte den

Abstand zwischen uns wieder. Konnte der Typ nicht einfach verschwinden? Er war der letzte, den ich jetzt sehen wollte.

»Natürlich weiß ich, wer ich bin!«, protestierte ich und blickte stur geradeaus. Dass gerade Cage, der mich von allen am wenigsten kannte, sich eine solche Aussage anmaßte, wurmte mich.

»Wie lange willst du dein Leben noch fremdbestimmen lassen?«, legte Cage den Finger zielgerichtet direkt in die Wunde und brachte mich so dazu, ihn erneut anzusehen. »Eins kann ich dir versprechen: Machst du so weiter, wirst du in fünf, zehn, oder möglicherweise auch erst zwanzig Jahren aufwachen und feststellen, dass du vielleicht die Menschen um dich herum glücklich gemacht hast. Doch du selbst wirst dabei vor die Hunde gegangen sein.«

Er lehnte sich vor und ich musste all meine Willenskraft aufbringen, um nicht vor ihm zurückzuweichen.

»Wir beide sind unter sehr ähnlichen Umständen aufgewachsen, das weiß nur kaum jemand. Ich wusste in deinem Alter nur, was *andere* von mir erwarten, nicht, wer ich bin und wo eigentlich *ich* in all den Erwartungen gesteckt habe. Das musste ich erst lernen. Mich selbst kennenlernen. Und glaub mir, meinen Eltern, die eine sehr genaue Vorstellung davon hatten, wie ich funktionieren sollte, hat das gar nicht gepasst«, konterte er und legte tatsächlich kackdreist die Hand auf meinen Mund, als ich Luft holte. »Denk einen Moment drüber nach.«

»Du hast keine Ahnung von meinem Leben«,

hauchte ich gegen seine Handinnenfläche, doch Cage lachte nur amüsiert, ehe er mich wieder freigab. Tatsache war, dass ich das mit seinen Eltern zum ersten Mal hörte, doch erst jetzt fiel mir im Nachhinein auf, wie viel Zeit Cage bei den Cavanaughs verbracht hat und zwar nicht nur mit Evan, auch mit dessen Eltern. Von Cages leiblichen Eltern habe ich nie etwas gesehen oder gehört.

»Wie lange spielst du jetzt dieses Heiß-Kalt-Spiel mit Evan?«, fragte er süffisant nach und ich explodierte. Dieser Arsch!

»Wie bitte?!«, motzte ich ihn an. »Das kommt ja wohl vom Richtigen! Wer hat denn so feige seinen Schwanz eingekniffen und fast ein Jahr gebraucht, um sich darüber klarzuwerden, was er will?!«

Oh Gott, hatte ich das laut gesagt?! Aber verdammt noch mal, dass ausgerechnet Cage sich hier aufspielte und so tat, als hätte er die Weisheit mit Löffeln gefressen, machte mich wütend. »Ich spiele nicht mit Evan!«

Cage grinste spöttisch. »Du fickst mit ihm und anschließend läufst du davon. Das dürfte die Quintessenz der letzten zwei, drei Jahre sein, korrigier mich, sollte ich da was falsch verstanden haben.« Er machte eine abwehrende Handbewegung, als ich zurückgiften wollte. »Geblieben bist du nie, Anna. Oder ist das falsch?«

»Dieses Mal ist Evan gegangen«, verteidigte ich mich aufgebracht.

»Geschenkt. Dass die Pissbacke panische Bindungsangst hat, wissen wir beide. Aber dein Verhalten tut da eben auch noch sein Übriges dazu«, konterte er trocken und schüttelte lachend mit dem Kopf. »Im Grunde genommen habt ihr zwei einen Haufen Probleme, die null kompatibel sind. So ungern ich dir das sage, ihr seid derzeit nicht gut füreinander. Gar nicht. Und soll ich dir noch etwas sagen? Gehst du jetzt zu ihm, wird sich das nie ändern, das wäre zum Scheitern verurteilt. Genauso wenn du deinem Dad den Gefallen tust, die kleine Kirchenmaus zu spielen, die du nicht bist. Das wäre sogar eine noch schlimmere Alternative.«

Tief in mir zerbrach etwas und ich fühlte mich, als würde ich mit Schallgeschwindigkeit fallen.

»Aber wenn ich Evan wähle, mich zu seinen Bedingungen darauf einlasse und ihm sage, dass ich auch nur was Lockeres möchte, dann …«, begann ich, doch Cage unterbrach mich.

»Du sollst weder Evan noch deine Eltern wählen oder hast du mir nicht zugehört? Fuck, Anna, du sollst in *dich* reinhören, herausfinden, was *du* möchtest. Solange du das nicht weißt, halt dich verflucht nochmal fern von Evan! Und hör auf mit diesem Bullshit. Du bist nicht der Typ für was Lockeres, Kirchenmaus. Du würdest dich nur wieder verstellen und dich damit auf lange Sicht unglücklich machen.«

Zweifelnd blickte ich Cage an. Seine Worte machten Sinn, doch gleichzeitig hatte ich das Gefühl, dass ich Evan verlor, falls ich ihm nicht entgegenkam. Ich schüttelte über mich selbst den Kopf. Dass ich tatsächlich in Erwägung zog, Evan bewusst mit anderen Frauen zu teilen, zeigte mir eigentlich nur, *wie* kaputt und verwirrt ich war. Das war nicht ich. Ein neuer Schwall von Tränen schoss mir in die Augen und ich schluchzte leise. Cage seufzte und reichte mir ein Taschentuch.

»Du … du … hast dich wirklich verändert«, schniefte ich und er grinste schief. »Ich verrate es niemandem«, setzte ich nach und er lachte amüsiert.

»Ich ahne, was in deinem Köpfchen vorgeht, aber wenn du jetzt zu seinen Bedingungen zu Evan zurückgehst, landet ihr wieder an dem gleichen Punkt. Erst einmal sortierst du dich, danach gehen wir das Projekt Evan an. Und glaub mir, die Pissbacke ist dir so verfallen, den verlierst du so schnell nicht. Jungfrauen-Bonus und so.«

Ich stieß einen entrüsteten Laut aus und schlug ihm auf den Unterarm. Sekunden später wurde mir klar, was ich da getan hatte. Erschrocken hielt ich mir die Hand vor den Mund, aber Cage lachte nur dreckig.

»Keine Sorge, dein Knackarsch ist sicher vor mir. Ich bin doch nicht lebensmüde. Evan kastriert mich, sollte ich da auch nur einen Finger drauf legen, von Lily ganz zu schweigen.« Cage erhob sich und streckte mir seine Hand entgegen. »Von dem weisen Gequatsche habe ich Durst bekommen, also starten wir hier und heute die Mission Spaß haben und zu dir selbst finden.« Er wackelte mit den Augenbrauen und beugte sich hinunter zu mir. »Für diesen Job bin ich ohnehin der beste Mann.«

Zögerlich ergriff ich Cages Hand und ließ mir von ihm aufhelfen. Er tätschelte wohlwollend meinen Arm und führte mich zurück in das Innere des Festgebäudes.

Ich fühlte mich zwar wie zerrissen, doch ich kam nicht umhin, mir einzugestehen, dass Cage Recht hatte. Mehr als alles andere sollte ich endlich einmal den Fokus auf *mich* legen.

Ich würde ab sofort damit aufhören, so zu leben, wie man es von mir erwartete und versuchen, mich selbst zu finden. Meine Ziele, Wünsche und Träume auszuloten.

Es war an der Zeit, *meinen* Weg zu gehen.

Ob dieser Evans eines Tages erneut kreuzen würde - ich wusste es nicht.

Doch ich wünschte es mir, das konnte ich nicht leugnen.

– ENDE –

Fortsetzung in:
FEUERSTURM: DESTINY

18042045R00117

Printed in Poland
by Amazon Fulfillment
Poland Sp. z o.o., Wrocław